窺月齋筆記

季淼慧｜著

序

　　我和禾子見面不多，自從離開浙江西部那個寧靜溫潤的小城市之後，我們就好像一直沒有見過——算起來已經有三年了！時光過得太快，以至於我們都無法覺察竟然有這麼久的時間沒有見面了——禾子在我印象裏一直是清瘦的樣子，這準確地印證了他的詩人身份，而且他講話時的聲音永遠保持著激情，這也同樣印證了他的詩人身份。所以在我看來，禾子一直是以詩人身份活動著，即便是這些年來，他棲居的城市換了一個又一個，藉以謀生的工作崗位和頭銜換了一個又一個，絲毫不改他作為詩人的本色。

　　當「梨花體」、「羊羔體」等各種名號在坊間流傳時，詩歌似乎已經成了一個任何人都可以盡情取笑的笑話，哪怕這些人並不懂詩，也絲毫不影響他們嘲笑詩歌時的快樂。在這樣的文化背景下，還在堅持寫詩的人是值得敬佩的，至少他們內心無比純真也無比堅定，他們不怕成為被取笑的對象。

　　禾子就是這些人當中的一位。

　　我習慣於稱季淼慧為禾子，禾子是他寫詩時的筆名，也是他在網路上用的名字——這幾年，我們的聯絡大部分都在網路上，有時禾子會把他的新作發給我，有時我把剛出爐的東西傳給他，彼此分享思緒從縹緲無形到具像排列時，那種巨大而微妙的欣喜。我相信許多熱愛文字的朋友都是從類似這樣的相互間的鼓勵中，汲取到繼續前進的力量。

　　我很少寫詩和讀詩，但禾子的詩常會讓我眼前一亮，也許是一行文字，也許是一個意象，便立刻撥動了我內心的琴弦，蕩開了一圈圈的漣漪。而這一次，當我集中閱讀禾子這本書稿中的散文篇目時，也有同樣的感受。

　　令我驚訝和疑惑的是，禾子平時的工作可以說是一門生意，本來就與文學毫不搭邊，而且事務也相當繁雜，何以他能夠在二者之間遊刃有餘，自由穿行。我有許多文友原先也是相當熱愛文學的，但一旦進入官場或商場之後，就很快把文學扔下了，其中有的倒並非是因為文學丟面子，而確是因為官場或商場的思維方式，與文學的思維方式是完全不一樣的：前者需要理性判斷，條分縷析，後者需要自由發散，天馬行空。浸淫官商場面日久，許多人就再也安靜不下來了，文學思維自然而然就被拋離了。但禾子，似乎完全沒有這樣的顧忌，他既務實，又理想，他把兩樣都抓得很好：一方面他是理性的、睿智的，另一方面他是激情的、靈動的——從這裏可以看出，禾子是一個多麼珍視自己內心的人，他願意聽從熱情的召喚，做著自己熱愛的事情。

　　禾子是安靜的，這從他的文字裏可以讀出來。這本書稿裏，每一篇都閃爍著思維在寧靜的時空中散發的美。我最喜歡的是他的第一部分和第二部分，尤其是第一部分的鄉土筆記。或許是因為我們都生於七十年代，童年都在鄉村生活，相似的生活經歷與記憶讓我在閱讀他的文字時，特別容易產生共鳴。那寂寞而漫長的鄉村童年，那凌亂而深刻的心靈秘密，那微小而珍貴的歡樂和那像風一樣掠過的憂傷……就在這些記憶裏，一個鄉村少年迅速成長。我敬佩禾子記憶的纖細和心靈的敏感，使他能記住那麼多微小的細節，這對寫作來說是多麼珍貴的材料，而對迅速變老的

人生來說又是多麼難得的私藏。閱讀著這些文章，彷彿冬夜圍在爐火前，聽禾子在講述他的私人史，心情是悠緩的，放鬆的，火堆上架著酒，他在慢慢說。

　　我常常覺得，鄉村生活的經歷對於人生來說，是十分珍貴的，在鄉村中人與人的關係，人與動物植物的關係，這些對於一個人心性的薰陶，是你在任何別的地方所學不到的。幸運的是，我與禾子，我們都是從鄉村生活裏走出來，至今我對於在山野中學到的一切都很感恩。而當城市化的進程越來越快，人們越來越往城市的高樓大廈集聚時，他們離自然就越來越遠了，那些自小在鋼筋混凝土的環境中成長起來的孩子，缺失了鄉村生活的經歷，他們將永遠無法理解森林、草地、麥田、溪流、泥土這些單詞對於人的心性中寧靜那一部分所發生的作用。

　　本書稿中其他部分的內容，同樣展現了禾子的思想和文采，是他對於身邊這個世界真切的感受和真誠的記錄。禾子的文字靈動，文風清新，畢竟是詩人的隨筆，常有絕妙的句子閃現，他筆下的日子如晨起初冬草葉尖上的露珠，一顆顆晶瑩閃亮，質樸自然，這就讓人在閱讀時如沐山野之風，輕快怡人。如果一定要挑一點缺憾來說的話，則是我個人的感受——我以為有一些篇章許是過於精短的緣故，不曾鋪展開來，讓人有意猶未盡之感（或許這也是因為詩人總惜字如金），我想如果有更完整的時間，禾子可以寫得更從容一些，更汪洋肆意一些。一任情緒無邊漫漲，帶動他手中的筆，將走向更寬闊的遠方。

　　我常記起那一個冬天，我與禾子一起前往浙西遙遠的大山中采風。夜幕下，好客的鄉人把大碗的土菜端上來，把大碗的楊梅酒斟滿，大門外高遠的天空裏，掛著一枚乾淨的月亮。我們當時

喝了多少酒，現在已經是記不得了，惟記得的是二人闊論高談豪情萬丈，當彼時，我猜禾子的胸中一定澎湃著無數的詩情。出了門，我們在白月光下行走，閒聊，竟不捨得在那樣酣暢的夜晚入睡。

　　我期待另一個那樣的夜晚到來。

　　是為序。

周華誠

目 次

第 3 輯　情感筆記

第 1 輯

鄉土筆記

少年史

1

月色下，一個極小的村子安睡在天目山腳下，彷彿一個嬰兒。

這是個叫朱家的村子，一個三十來戶人家的村坊，地圖上是找不到名字的，它原來只是一個姓朱的大戶人家的領地，幾百畝稻田中間鶴立著大宅院，那個姓朱的地主經常會背著手走出大門，巡視一番，然後回屋去咪上幾口土燒酒。

這個喜歡咪幾口土燒的人在土改時被斃了，一同被槍斃的還有在潛縣城當過保安隊長的兒子。關於這位保安隊長的風采我只是聽文忠說起過，他經常說他這位小爺爺當時總是插兩支木殼槍，大搖大擺地走進縣城的戲院，並且對敬禮不及時的門衛刮上兩個耳光。

他說這話的時候我們是沒法反駁的，因為我們的祖輩都是他家的長工，連上縣城的機會都很有限，不可能證實這位隊長的威風是否真的存在，況且，我的爺爺早在幾十年前就躺進後塢口那個黃土堆裏了。

我只能歪著腦袋很蒼白地思考一會，然後繼續和泉清、胡斌一起在公房的道壇裏玩泥巴，把質量上乘的黃泥做成坦克或者飛機。不遠處，是村裏的磚瓦窯，四周的田地已經挖完了，根元他們哼哧哼哧從很遠的地方挑來黃泥。

　　文忠不用擔心被槍斃，因為公社已經接近尾聲了，沒有人再提階級鬥爭。人們只關心什麼時候分田到戶。集體出工好像已經懶散，我們在大宅院裏玩耍的時候，總是聞到一股腐朽的氣息，立平阿婆總是坐在天井旁的那張籐椅上曬太陽，這個地主婆依舊保持著威嚴，讓我總是不敢去靠近。

　　這個只有兩個生產隊的地方平時沒什麼讓人興奮的事情，只有過年前，郎殿塢水庫放水抓魚，我們才開始興奮，奔跑到水庫（不過是個小山塘）邊，看著大人們穿著高筒套鞋在抓魚，魚一條條被拋上岸，我們看著都很有成就感，最後魚按戶數分成若干堆，每家一人去抽籤，各自用木桶提著回家，養著過年。

　　單幹以後，各自都開始造房子，我家的新房子在後塢口，爺爺的墳前，在村坊的最後面，地勢也是最高的，離原來的老房子有些路，我家的後面就是平渡村了，於是我的夜晚開始冷清起來，泉清在天黑之後會領幾個人到後塢口來，把洋火槍打得啪啪響，給我發信號，但我母親總是擔心我回來的夜路，不讓我出門。

　　原來的村子就像一個眼睛鑲在田畈中間，後來獨立造房的人家開始沿路而建，就像描了一道眉毛，這條鄉村公路是從凌口橋接過來的，一直到最裏面的毛坦村，那個村子是安徽地界了，我一直沒去過，也對那裏保持著好奇。

2

　　新房子造好的第二年，我開始去村裏上學，這個村指得是我們的行政村——泗洲殿。也是千洪公社的經濟文化政治中心，有一條很短的街，公社辦公樓、供銷社、合作社、收購站、信用社……這些建築是多麼宏偉啊。

　　我們的中心小學在信用社後面幾百米的田畈裏，四面平房圍著一個大操場，這個操場在雨過天晴的時候是釘洋釘的最好場地，我們各自劃圈為營，然後一步步包圍過去，世界就消失，只有泥地上的圍攻存在，直到我的耳朵被一隻鉗子般的手拎起來，才知道上課鈴早已響過。

　　這個操場還是露天電影場，我和泉清他們三五個人，飯碗一扔就急行軍3華里回學校，但這個時候學校不是我們的了，把門驗票的人看得很緊，我們就圍著圍牆轉圈，裏面那個聲音精彩啊，我們被撩得心急如焚，終於在一個坍塌的圍牆角落裏鑽進去了。

　　我們在冬天的時候上學是自己帶火筒的，那是我們一帶取暖的工具，坐在火筒上整個人很快就溫暖起來，如果炭火太旺就會屁股發燙或者烤焦了布鞋。泉清是個很搗蛋的人，他從家裏偷了串辣椒，悄悄扔到女同學的火筒裏，女同學很快就眼淚鼻涕一起下來了，有次他扔得多了，整個教室裏充滿了辣味，女老師終於火了，到他抽屜拿了所有辣椒，毫不猶豫扔進泉清的火筒，然後把泉清的腦袋按過去，從此以後教室裏就沒有了辣椒味。

　　我對公社的繁華市井非常留戀，放學以後總會去供銷社逛一圈，從大門進去後穿過院子，然後從左門進去，可以看見一個大大的水缸，但水缸裏放的是鹽，一大塊一大塊，閃著特有的光芒，缸的上面掛著一把秤。水缸的後面是一排罐子，分別裝著黃酒、燒酒、醋等等，它們混成一股很有生活氣息的味道，我會停下來，用力地吸吸鼻子。

　　轉到正對門的櫃檯前，我的眼睛就開始放光，因為櫃檯上有個架子，架子的每一格都有一個斜的玻璃瓶，它們的裏面藏著水果糖、冰糖、動物餅乾、橄欖、山楂片……，我開始又吸鼻子，

但我一點也聞不到，這些珍貴的食物連氣味也深藏著，我的目光就開始黯淡下來，偷偷地想，如果有錢了，我要全部買下來，但我很快會被自己的想法嚇一跳，像做了虧心事般趕緊走。

出了供銷社我就往朱家方向走，過了三叉路口沒幾步就到了衛生院，進院門各有一個長長的坡道，出於對醫院本能的恐懼，我們一般只是衝上斜坡瞄一眼衛生院的大門，然後就衝下另一個坡道離開。

但有時會恰好遇見送來急診的病人，我們就會跟進去看，有一次是一名喝農藥自殺的婦女，被人用門板抬著急急衝進衛生院，等我們鑽進人叢的時候，看見黃醫師正面色嚴肅地用一個大漏斗在灌肥皂水。

出了衛生院就是公社的辦公地，兩層辦公樓高高在上很威嚴，路邊上去要走一段很長很陡的臺階，公社兩邊坡下各有個二層小樓，左邊是信用社，右邊是合作社，我們都不敢進去，頂多在院子裏玩一會，天也就暗了，一起往朱家跑。

先是經過偉林家門口，他們家是五保戶。然後是道班，門上有個圓形的公字，道班對面有一棵很大的白果樹，據說這棵樹下常常鬧鬼，我們情不自禁就加快了步伐。樹下有條通往田畈中央的小路。胡斌和文忠就往這條路，我和泉清往大路，分道揚鑣了。

我總是最後一個到家，我總是在這個時候埋怨房子造得太遠。

3

鄉村的童年是寂寞而漫長的，小學一年級期終考之後，我以全公社第一名的成績開始名滿鄉里，第二年我繼續蟬聯，以致於那年出生的小孩便有好幾個名字裏也有了慧字，無論男女。

　　那些泥土壘的平房經常被我們摳出一些洞來，然後放一盞洋油燈，以便在停電的時候照明，洋油燈是自己做的，空墨水瓶裏灌洋油，然後剪塊與瓶口一樣大的鐵皮，中間鑽孔，穿一段棉芯，洋火一點，昏黃的光便從燈洞裏擴散出來，教室裏便亮起一片片廟堂似的光芒。

　　二年級那年發生了一次舉校逃亡事件，雖然沒有什麼敵人和怪獸闖進校園，但是那年秋天校園裏開始流傳一個消息，說是為了計劃生育，有兩個兒子的家庭必須有一個割掉小雞雞。傳言了幾天，終於有個膽小的家長到學校領兒子回家，防止兒子的小雞雞在學校被上面來的人突擊割掉。

　　那個小男孩的哭聲像機關槍一樣響徹全校，很快許多的家長來校領人，恐懼像瘟疫一樣蔓延，直到千洪中心小學空無一人。受到現代思想教育的青年教師也無法阻止學生的逃亡行為。

　　三年級的時候，我們開始參與社會活動，主要的內容是學雷鋒，第一次是給一位患小兒麻痺症的輟學兒童送溫暖，我記得是去許立強家裏，他的哥哥一直都沒上學，我們年輕的班主任潘老師帶了一些書，有幾本是學生捐的，更多的是他自己買的，我們出現在那個殘疾兒童面前的時候，明顯把他嚇了一大跳，然後我們排成整齊的隊伍給他唱歌，唱什麼早就忘記了，但他眼裏的淚光至今記得。

　　這個殘疾兒童沒過幾年就死了，好像是得了病，但我們只去慰問過一次，對他還沒建立起感情，因此他的死亡只是鄉間一條普通的新聞，很快就過去了。

　　為光榮家庭做好事我們堅持了幾年，主要內容是背了竹耙去松樹林裏耙一些松毛絲，送給村裏的五保戶和軍烈屬，松毛絲山

上很多，又輕巧，在軍烈屬家裏還能吃到一些果子，我們很樂意參與這樣的活動，我家是烈屬，自然也要到的，我奶奶也會拿些凍米糖、南瓜子之類招待，我便覺得很光榮，很有面子。

這一年，農村的經濟開始明顯改善，公社改為鄉了，鄉里建了電影院，辦起了裱畫廠，我更喜歡到電影院玩，舞臺下的架空間就是一個大樂園啊。

鄉電影院的地基原來是一個叫泗洲殿的廟宇，供奉著一個叫泗洲的神，據說他是雷公的外甥，有一年這條山溝裏的人們在雪地祭天時，不慎把祭品放在狗屎上面，人不知道，但玉皇大帝看見了，大怒，下令罰此地三年無雨，當然就民不聊生了，泗洲不忍心，偷偷跑到雷公的工作室，端起桌上的硯臺往這個方向一潑。黎民得救，泗洲被罰下凡間。就有了泗洲殿。

四年級，我的成績開始下滑，原因是家裏買了電視機。

4

朱家的第一台電視機出現在建剛家裏。

在電視機出現之前，我父親招親時從省城帶來的那台半導體收音機曾經風光過一陣子，但我懂事以後這台收音機就被冷落了，直到後來買了一台收錄兩用機，它就成了我的玩具，表弟磊磊曾經很認真地把它拆開，試圖像一名優秀的修理工一樣把它復原，但結果有幾個零件怎麼也找不到位置，這台風光一時的收音機正式宣告退役。

電視機的出現是我人生的大事，我們每天吃過晚飯就往建剛家裏跑，看著建剛爸很隆重地把電視機搬到堂前的櫃子上，插上插頭，電視裏就亮出一片雪花，建剛爸又跑到屋後去擺弄天線，

天線架在一棵高高的樹幹上，建剛爸用勁轉著，銀白色的天線就在暮色裏一閃一閃。我們就一起看著電視螢幕，等到螢幕清晰起來，我們就一起叫，好了好了。

大人們也去，但他們表現得矜持一些，會慢吞吞地逛過去，直到他家的洋灰道壇裏坐滿人。起初是新聞和天氣預報，天氣預報一結束就是振奮人心的《霍元甲》。

我對電視天生迷戀，精彩的鏡頭會一遍遍在腦子裏重播。小人書不好看，沒檔次了。

第一台彩色電視機在華偉家落戶同樣振奮人心，《射雕英雄傳》是一個五彩的世界，太好。就是華偉太霸道，老是耀武揚威地鬧，他家的道壇就冷清很多，畢竟家裏還有個黑白的，也能看。

四年級的成績就在對電視的迷戀中開始下滑，但我的作文開始嶄露頭角，第一次作文比賽，我寫了篇《登鳳凰山》，竟然洋洋灑灑寫了8頁。這座山就在學校不遠，毫無歷史淵源和古跡，只是天目山脈一支普通的餘脈，據說像一隻折翼的鳳凰（但我怎麼看也不像），但它幾乎承載了整個童年對山的認識。於是我得了一等獎，獎品是一支極細的鋼套圓珠筆，頂上掛著一隻很小的熊貓掛飾，檔次很高啊，可惜沒多久就弄丟了。

風依然平靜地從這條山溝吹過。每到春耕之前，泉清大伯就成了田野中固定的風景，他每天都趕著一頭牛在耕田。像今天的滑鼠一樣在田野裏移動。這位老人的肚皮上有一塊很大的傷疤，在天熱的時候就坦陳在村人眼前，像一隻猙獰的獨眼。聽說是小時候當童工時被地主打的，我一看見就會打個寒戰，趕緊避開。這位老光棍在多年以後死了，只留下一本存摺和一個土堆，那標誌一生財富的存款後來被泉清很輕鬆地揮霍掉了。

　　朱家的老光棍有好幾個，還有一個是文忠他叔，他一直在打零工，喜歡打牌，但他的小屋裏乾淨得讓每一個家庭婦女汗顏，我去過幾次，那一塵不染的程度無人能比。

　　朱立也是一個光棍，但那時他還年輕，好動。他的雙手10來歲時被電了，齊肩鋸了，聽說他小時候很聰明，村裏人都為他惋惜，我經常看見他用腳把家裏打掃得很乾淨，看來是聰明的。他每天都晃著兩隻空空的袖筒在街上晃蕩，他的消息就比別人靈通，我們總是從他的嘴裏聽到鄉里的新聞，於是我們都喜歡他。

5

　　泉清大伯耕完田後不久，綠油油的秧就佈滿整個朱家的水田，大坑（指大河）邊的新開田是沙土，一般種植番薯什麼的。這個時候田裏的泥鰍黃鱔開始活躍，放學之後，田野又成了我們的樂園。

　　抓泥鰍是簡單的活，提一隻竹編的泥鰍籠，把籠口往田溝裏一插，然後走上一段路，用一個串滿竹節的竹叉往泥鰍籠的方向驅趕，竹節哳哳地響著，平靜的水面被掀起一股浪，泥鰍都往反方向奪命逃竄，等我的竹叉和泥鰍籠會合之後，輕輕一提泥鰍籠，把高高蹺起的小口往水桶裏一倒，就有幾斤泥鰍到手了。還有一種方法更直接，挑一段田溝兩頭築個泥壩，用一隻舊鐵面桶（臉盆）舀水，水舀幹後，直接翻溝底的泥，所有的泥鰍都逃不了，這樣「竭澤而漁」的方式更刺激，能滿足小男孩本能的暴力慾望。

　　對付黃鱔就需要技巧，這些傢伙比泥鰍狡猾得多了，洞口隱秘，只在夜間出來透氣。釣黃鱔需要做釣鉤，一般用鐵絲，頂端磨尖，拗成魚鉤的形狀，接一個手柄，然後去地裏挖些蚯蚓，就可以出發了。

　　黃鱔的洞口往往在田埂的側面，根據洞口大小可以預測裏面那條主人的分量，找到洞口之後，壓抑著心裏的狂喜，輕輕地蹲下來，把蚯蚓串進鉤子，放到洞口外，一邊用手指在水裏彈兩下，製造點聲音，一邊把魚鉤動幾下，攪出點渾水。

　　洞裏的黃鱔以為一條蚯蚓遊過它的領地，小心翼翼探出它尖錐的腦袋，黃鱔很謹慎，這會兒如果那條作餌的蚯蚓靜止不動，它就看出是死貨，毫無興致，如果魚鉤移動過快，它也會看穿是騙局，很快縮回洞裏。只有把蚯蚓的速度和線路控制得很逼真，它才會緊追不放，不當心就把半個身子探出洞外，你就瞅準機會鉗住它的身子，動作慢或力量不夠，它就機敏地縮回洞裏，打死也不出來了。

　　我們幾個小男孩都熱衷這鬥智鬥勇的運動，每天樂此不疲。胡斌的釣黃鱔水平是公認最好的，我耐心有但力量不夠，基本屬於墊底的份。

　　這些野生水產品當時氾濫田野，基本都是剁了餵鴨子，可以提高產蛋量，倒是順手撿的田螺，會養上兩天，吐淨泥沙，成為男人的下酒菜，但撿多了同樣拍碎了做鴨飼料。

　　當田野的稻子長得過小腿的時候，天已經很有些熱了，我們不太在田邊停留，主要是怕蛇。一片蛙聲大合唱中常常有成員的歌唱戛然而止，肯定是壯烈犧牲了。

　　大坑（河的意思）開始成為我們的舞臺。所謂的大坑不過是天目溪一支小支流，名叫甘溪，寬不過十來米，淺淺的水很清澈，像一塊透明的綢緞滑過佈滿鵝卵石的河床。

　　這樣的源頭溪流最多的是石斑魚，水的清澈不僅遊魚可數，而且可以發現它們的藏身位置，我們很快掌握了一個簡單的捕魚方法：看準魚棲身的石頭，然後找一塊更大的石頭，對準砸下

去，那震暈的魚就翻白浮上來了。我們用三角草串起來，拎回來餵鴨。

上殿塢口常常有魚壩，也就是在最窄淺的河道上放一排鵝卵石，然後在某一處放個竹編的魚籠，遊經的魚會自動遊到魚籠裏，被水流沖著，無法脫身了，我們砸魚累了，就常跑到魚壩那裏看看，經常可以撿幾條籠中魚。

農閒時，也有村人採了雷公藤去藥魚，據說雷公藤是製造農藥的原料，砸出的汁水用河水兌了倒在河裏，那魚就一片片浮起來，整個村子就動員起來，家家戶戶拿了水桶撈揮（網兜）去撿魚，大人笑，小人叫，這一天就是鄉村歡樂節了。

6

應該是日本電視劇《血疑》熱播後不久吧，朱家有一個女孩子也得了白血病，當時她死在醫院裏，醫院要火化，他父親不肯，於是請了村裏兩個當兵回來的青年，買通了太平間的管理員，將女孩的屍體連夜偷運出來。

年少死亡的人在鄉間的說法是短命鬼，不能葬進祖墳，也要離開村子裏別人的祖墳，擇一偏僻之處葬身。這具十八歲花季少女的屍體在月黑風高的夜晚運至村口的白果樹下就停下了，按規矩不能進村了。這位父親就用草席蓋了放在白果樹下，等待天微亮時，送去擇好的墓地埋掉。

疲憊不堪的父親和兩個幫手回家去休息了。白果樹對面的道班裏住著一位值班的青年，是鄉里一位獸醫（他父親也是獸醫），半夜被尿憋醒，就瞇憧懵懂地走出道班，來到白果樹下方便，方便完往回走的時候被什麼絆倒了。仔細一看竟然是一個少

女的屍體，大叫一聲逃回房間，據說被嚇破了膽，在床上癲狂了三天，死了。

白果樹因為這個事件成了最不吉利的地方。

若干年以後朱家另一個花季少女是自殺死亡。這位性格剛烈的女孩，在情竇初開的時候和同學戀愛，被她母親發現，這位婦女的性格同樣暴烈，她將女孩綁在柱子上打了一頓，然後顧自幹活去了，這個女孩安靜地喝了農藥，然後跟隔壁的麗琴媽說我要死了，一個鄉間女子就不可挽回地消失了。

這些故事不能阻擋我們的成長，春天也依舊在油菜花開後到來。山上的竹園裏春筍在拔節，我們就背著筍翹（一種尖底麻布袋），拎了小鋤頭上搶山（集體竹園）去挖筍，搶山上挖筍要靠眼力和運氣，我們的眼睛就成了雷達，不時有咄咄咄的挖掘聲，這種聲音裏含著自豪，半天時間總能挖些回家，用削筍刀削去一片殼，手指一卷，一根筍肉就跳到籃裏。除了現燒，大多是煮了筍乾，天目筍乾就產自朱家所在的千洪和西天目，已經有400多年歷史了，大抵是唯一的特產。勤快的人家還會把煮筍的水煎成烏黑的筍滷。作為調料，筍滷遠比醬油香鮮得多。

如果臨近夏天，筍又會被製成鹹筍，成為下粥菜，一根鹹筍就可以下兩碗粥，很是下飯。

朱立家往泗洲殿方向十來米有一排平房，也在路邊，在朱家是一棟很特別的建築，村裏人說那裏是「知青點」，自從知青運動結束後一直空著，後來有人辦了筍乾廠，採筍時節那裏就整天飄著鹹鹹的味道，我在放學後常常進去玩，那裏有兩口大鍋，筍肉被整齊地放進去，咕咕地跳，灶下亮著紅紅的火光。筍肉需要翻身，有個男人用一把吊在梁下的工具操作，我覺得很有氣勢，

會傻傻地看上一陣。

　　但沒幾年這個筍乾廠就熄火了，廠門外的土坡上堆了許多筍乾，已經腐爛，停滿了蒼蠅。聽說是有人發明一個辦法，可以讓鹽鑽進筍內，表面看不出來，實際上一根筍乾半根鹽，這筍乾自然就沒法吃了，於是砸了牌子，廠也自然倒閉了，那堆劣質筍乾就成了小廠的墓碑。

7

　　朱家辦過廠的地方還有三個，一個是前面提到過的道班，那裏辦過一個千洪食品廠，廠長是被槍斃的地主的兒子，一個胖得像彌勒佛的男人，整天眨巴著眼睛，很忠厚的樣子。千洪食品廠只有幾名工人，一兩台機器，是鄉鎮企業熱潮的產物。

　　平時千洪食品廠是很冷清的，經常大門緊閉。到山核桃和筍乾收穫的時候才叫一些臨時工，小廠會熱鬧幾天，我們也跟去看，當時食品廠新買了真空包裝機，這台設備在破敗的院子裏異常醒目，包好的多味筍乾往壓片裏一放，一袋真空的食品就立馬有了現代感，讓我一次次在心裏驚歎。

　　但這個地方大概的確風水不好，千洪食品廠也很快倒閉了。空置了很多年，直到一個外村人來辦炒貨廠，前幾年聽說也虧損，有一年炒紙皮核桃大賺了幾十萬，終於這個固執的生意人才舒了口氣，也讓這個歷史悠久的院落讓我們重新刮目相看。

　　還有一個地方是華偉家，就是第一台彩電落戶的人家，華偉他爸是朱家難得有經商頭腦的人，他在紙廠工作多年後，在自家也弄了個作坊，專門生產過濾紙，很多年後我從學校畢業，才知道這種紙是化工專用的。

　　那位有潔癖傾向的文忠叔是這個作坊唯一的固定工人，整天在路邊的一口鍋裏煮著樹皮，煮過樹皮的水被直接排到路邊，大約是有些污染的，那幾塊田的主人都有些不悅，曾經交涉過幾次，後來就沒人嚷嚷了，不知是鄰舍隔壁不好意思還是得到什麼賠償了。

　　這個小作坊操持了好多年，直到近幾年才沒見動靜，也許是過濾紙沒什麼利潤了，也許是子女都成家立業可以享點清福了。

　　第三個小廠辦在泉清大叔叔家裏，是做襯布的，這個小廠沒有廠房，所以平時感覺悄無聲息，唯一變化的是他家多了台手搖式電話機，我有一次忍不住好奇，趁人不注意拿下聽筒放在耳邊，竟然聽到有人在對話，嚇得趕緊放回去，心中大為恐慌，估計被人知道我的行為了，直到幾個星期後依然風平浪靜，心才踏實。

　　每隔一段時間，朱家三叉路口的田裏就晾起許多潔白的襯布，它們在綠色的映襯下隨風起舞，那是朱家最宏大生動的場面，許多年以後我看張藝謀的電影，常常聯想到這些襯布的飛舞。

　　襯布廠可能也賺了點錢，泉清大叔開始造新房，屋難造、婆難討，房子和老婆是舊時農民的兩大難題。泉清大叔也不例外，為了節省工錢，他沒日沒夜地挑沙石，直到有天傍晚，他剛端起飯碗，坐在門檻上扒了一口，猛地叫聲頭好痛啊，就走了，猝死的原因是血充腦，他的新房還沒落成，村裏人直歎說沒福氣，他有兩個兒子，小的還不懂事，在葬禮上還東張西望不知悲傷。

　　襯布廠自然也無法經營，那一片潔白舞田野的場面永不再現了。

8

該來說說朱家的人物了。

一個百來個人口的山區小村裏，大抵是出不了什麼人物的，但時光流逝中總有些人的一段歲月會煥發些異彩，讓這個村子的人記憶一輩子。

先來說說翁家老二吧。

翁家就住在知青點與大白果樹中間，沿路。翁家老二大約比我大十來歲，念中學時據說頑劣得很，直接導致學校勒令退學，翁家父母趕去學校，雙雙跪在校長面前，終於保住了學習的機會。自此以後，這老二幡然醒悟，開始發憤求學。都說兒時頑劣的人智商高，這翁家老二果然就成了朱家第一個大學生，也是當時千洪難得的大學生，考上了某航空學院，出山了。

翁家老二畢業後好像在某研究院工作，在下海的大潮中下海，遠赴海南，辦起了防盜設備公司，好像是海南省公安廳的定點企業，據說他的經營情況和他的婚姻情況一樣幾經起落，但我想能從海南經濟的大起大落中堅持到現在，肯定是不錯的，當是朱家人物中的狀元了。

這翁家老二我只見過一次，已經沒什麼印象了。

再來說說季家二女兒。

這個季家與我家不同宗，這個季家有兩個女兒，大女兒是個裁縫，我考上縣城時平生穿的第一套西裝就出自她手，她在朱家一個裁縫鋪裏做了幾年後，就嫁到於潛的另一個鄉里了，自此做了平凡的農婦。

而季家二女兒截然不同。

這女子比我大兩歲，小時候常在一起過家家，少女時代就表現出表演的天賦，初中畢業後就走了演藝道路，招進一家三流的歌舞團出去闖世界了。

一路闖到深圳。幾年後，不知何故，這個已經很時尚的女子離開深圳回到了小山村。村子裏都以為這女人在短暫的輝煌之後和她姐姐一樣要做個地道的農婦了。

沒想到，有一天，一個香港青年來到了朱家，向她求愛。

坊間流傳的版本是這個香港青年一次看到季家女子的演出後一見鍾情，夜不能寐，再去時發現女子已經離開了，愛情的力量讓他四處打聽，終於打聽到去向，於是乘飛機到杭州，又包了輛出租車直達天目山腳的朱家。

受這年頭輿論的導向，你也許會想到是老闆包二奶的一個版本，這就有點小人之心了。這位香港青年是香港老闆的大少爺，在深圳操持企業，是正宗的鑽石王老五。

後來季家二女兒就成了香港媳婦，明媒正娶的，一直住在深圳。

接下來介紹朱家老小。

這個朱家就是辦過襯布廠的那家，猝死的那位是朱家老小的二哥。這朱家老小在高中就顯現了外語天賦，但高考未中，回鄉做了代課老師，89年受牽連，去職辦了家庭企業，受行業大退潮影響，倒了。自此離鄉漂泊，幾經起落，定居杭州。

這個朱家老小不僅英語了得，還是當時縣裏小有名氣的作家，文章在報刊電臺時常露面，我後來喜歡寫作，無疑是受到他的啟蒙的。

今年初中20周年同學會，他從上海趕來和我們這一屆學生聚

會，相談甚歡，但飯後就趕回去了。

在這個臨近中午的異鄉陽光裏，我的耳邊又響起他家窗口的笛聲，像山風一樣遊過夜色中的小山村，這表達一個80年代山區青年憧憬的笛聲停留在我一生的記憶裏。遠去的是那個單調又幸福的時代。今天，在裝修豪華的窗外，我再也聽不到這種充滿希望和夢想的音符。

在光鮮的外表下面，我們又有多少幸福感？

9

立冬了，雨一直纏綿著，霧也在每個清晨籠罩。

朱家的冬天是靜謐安祥的。小把戲們總是期盼雪的降臨。沒有下雪的日子也是清冷的，家家戶戶都圍在火爐邊。火爐是一隻鐵鍋，放在一個木架上，鐵鍋填進爐灰，然後倒進烏炭。烏炭是指在灶膛裏充分燃燒過的熱火粒，撬到鐵罐裏悶滅。這也有講究，如果把還有火焰的火粒悶進去了，就是煙炭，放到火爐裏就會冒煙，熏得你坐立不安。

烏炭在火爐裏容易點燃，也乾淨，但很快就燒過了，需要一次次添加。而白炭就經燒得多，但白炭都是燒炭佬在深山裏燒出來的，需要花錢買，所以一般都賣給城鎮上的居民。

除了火爐，取暖的還有火桶，四面木板圍合，中間放個鐵皮做的火盆，木板頂上是蓋板，有挖空的條孔，人坐上去，溫度從屁股一路上升，挺爽，但心急的人把火撥得太旺，屁股就會抗議的。

那時候的雪總是不期而至，不經意往窗外瞄一眼，雪花正刷刷地下著，孩子就會驚叫一聲，然後往外衝。大門被打開，一股冷風裹著雪花進來，大人都會呵斥孩子換了布鞋，誰家的小子都

是急急地套上雨鞋，衝進雪地裏。

下雪之初沒什麼好玩的，就像戲臺上的熱場鑼鼓。要等過一夜，那雪在地上、山上、屋頂上厚厚的積起來。我們早就約好打雪仗，雪球像炮彈一樣往來，煞是壯觀。記得有次我一不當心被對方的「鑽地導彈」鑽進了領子，一路滑到褲管裏，那真是「晶晶亮，透心涼」啊。

雪天的第二種娛樂是捕鳥。方法是在課本上學的，一隻竹米篩、一根短木棍、繩子和一把穀子。找個開闊地，掃開雪，支好米篩，由內而外灑上穀粒，然後手拉繩子一端，埋伏好。

上鉤的大多是麻雀，幾天沒進食，餓急了，一路吃著穀粒進了圈套，猛一拉繩子。飛了，為啥，心太急，那鳥兒還在口子上呢。

我們常常失敗而歸，只有一次捉了兩隻。

老舅覺得我們太費勁、太溫文爾雅了，想起毛主席他老人家說過「革命不是請客吃飯，不要溫文爾雅，要……」，於是拿農藥拌了穀子，找地方灑了。第二天早上就拎了半麻袋死麻雀回來。我們說扔了，他卻開膛去肚，全油炸了下酒。

竟然也沒事！

朱家有一個人喜歡冬天，那就是獵手海金，一到冬天他就帶著獵狗整天在山林裏鑽。當他出現在村子裏的時候，不是肩上扛著黃麂就是槍上挑著野兔。在公房門口一扔，開始剝皮。

海金給黃麂剝皮帶有表演性，也值得看。村裏的閒散人都聚攏來，對那個獵物評頭論足。黃麂的皮值錢，據說因為密封性好，是用來做空軍飛行員背心的。為了保證皮的完整性，先在四個腳踝上割一圈，然後一點點往上剝。海金一邊熟練地操作著，一邊跟人聊天，大抵講些當年這山上獵物多之類，好像他還跟楊

洪村的獵手一起上山打過老虎，老虎有嗎？真有，楊洪村有個獵手還被封過「打虎英雄」，上了《臨安縣誌》。

這樣的節目畢竟不多，我們總是期盼過年。朱家臨近年關有兩項集體娛樂，一是殺年豬，因為都差不多時候，殺豬佬就很吃香，要預約。輪到的人家就早早燒了水，一遍遍在路口張望。

殺豬佬來了，滿臉橫肉，排出一排刀具，總是讓我聯想到書上的劊子手。年豬被三、四個男人從豬圈裏拖過來，本就預感不妙的豬一看到殺豬佬就奮力掙扎，不當心就掙脫了，擇路而逃。這會兒總是殺豬佬親自出馬，扭住耳朵拖上殺豬凳，讓我好生佩服。

殺豬的時候，一般小孩不讓看，大約是怕這種血腥場面影響不好，這家的主婦對養了一年的畜生有感情，悄悄地避開，有些還會抹眼淚。

我記得麗琴媽就是每年都要哭的。

殺年豬是要請客的，請殺豬佬、附近的親戚還有隔壁鄰居，少則一桌，多則2、3桌，全豬宴，油水足，家家戶戶醃年豬，熬豬油，村子的上空就飄著肉香。年的味道開始濃烈了。

第二項集體活動是打麥芽糖。那年頭是家家都有的保留節目。請了煎糖師傅，把麥芽放在鍋子裏煮，水分不斷蒸發，鍋裏的氣泡也在不斷變化，從「米篩花」到「魚泡」，煎糖師傅拿勺子往鍋裏一攪一提，起鍋了。

起鍋的糖水被兩根木棍挑到釘在柱子的鐵鉤上，來回拉扯。開始很輕鬆，慢慢地顏色變白了，越來越黏。不斷添加，成了很大一團。這會兒就要有氣力的男人上陣了，要不了多久就要輪換。女人則拿著剪刀在桌旁邊聊天邊等。

　　打透了的麥芽糖先要做「帽子」，往帽子裏灌炒熟的芝麻，然後拉成細長的條，女人們就開始忙著剪成短短的糖粒，冷了就剪不動了。

　　麥芽糖大約分三類，一類芝麻餡，香；一類是實心無餡的，甜；還有一類在蒸汽上燻過，內有孔，脆。

　　也許你看得流口水了，但那會兒這玩意太普通，沒檔次，我們小把戲都不喜歡。直到過了立夏，過年的零食全部告罄了，才想著去酒壇或鐵桶裏拿麥芽糖吃。

　　但天氣已熱，桶裏的麥芽糖已經溶化成一個整體，要吃，只有用鑿子慢慢地鑿了。

10

　　從於潛鎮到千秋關的公路是當年浙皖兩省重要的交通幹道，英公水庫和千秋關蜿蜒盤旋的道路上車流不斷，經常上演車毀人亡的悲劇，途經的村莊也因地處偏僻而貧窮。但這樣偏僻而貧窮的地方卻是我童年的樂土，是我整個童年最留戀的地方。

　　那是個叫石嶺頭的村坊，陳舊的土屋沿馬路兩邊排開，一邊挨著農田，一邊沿著山勢，農田是飯碗，山又有些陡峭，並不齊整的兩排民居就把公路夾得逼仄，上面人家道壇的石坎緊貼著馬路，下面人家的屋簷索性就垂在馬路的上空。

　　我到這個村莊的遊歷源於小姨的出嫁，那年小姨被這個村坊的張家公子相中，當張家公子還是毛腳女婿時，我就開始往這個村子跑，在張家的大宅院裏肆意玩耍，依然備受關愛。

　　張家公子有一陣子跟著他姐夫學打鐵，為了向我表示關愛，特意給我打造了一把鐵制皮彈槍，我拿到這個禮物時立馬被震撼

了。托在掌心沉甸甸，拉拉扳機有手感，試試射擊有準頭，天啊！這玩意太酷了。

這把皮彈槍讓我威風了好幾年，我在圈子裏的地位一下子提高了，要不是我缺乏膽魄幾乎就稱王了。我對張家公子感恩戴德，為他做了不少地下工作。張家公子就成為我小姨丈了。

張家是當地的大戶人家，祖上是當過地主的，儘管風光不再，在當地還是有面子的。我小姨一直被寵著，出嫁那年21歲，幹不了農活，又是高中生，當年也算知識份子了，知識份子不幹農活可以理解。於是張家就開了小賣部，讓小姨經營。

都說兒輩寵小的，孫輩寵大的。我是長孫，一直被寵著，小姨出嫁前一直很寵我，剛出嫁那幾年，她還是對娘家戀戀不捨，得空就往娘家跑，一回娘家就給我帶吃的，一帶就是一大包，都讓我懷疑她是不是把整個小店吃的全送給我了。

於是我就喜歡往石嶺頭跑，一去就呆上個把月，幾乎把整個假期都獻給石嶺頭了。張家人都很慷慨，小店裏的零食都被我吃遍了，和我母親的摳門形成鮮明的對比和反差，石嶺頭小店，註定成為我奢侈的領土。

石嶺頭的一幫同齡人是我樂不思蜀的另一個原因，在朱家，本身就沒幾個玩伴，一到夜晚就被母親管制，讓人壓抑，讓人感覺不解放。

而石嶺頭的孩子都是放養的，假期裏我們整日裏四處撒野，那是多麼快樂的夏天啊，白天泡在石罋潭裏全天水療，晚上偷西瓜、照田雞，集體生活多姿多彩，解放區的天才是明朗的天啊！

石嶺頭的民風據說是彪悍的，這一點主要因過往司機而傳言。因為馬路逼仄得像個巷道，那些大塊頭的貨車一到這裏就成

了小腳女人，走得小心翼翼。有幾個毛糙的年輕司機就會輾了這家的菜地，甚至刮了那家的屋簷，石嶺頭人們就會歡呼一聲，把車子包圍住，很快就有人自告奮勇地搬來大石塊堵住八個輪子，然後很客氣地邀請司機去受害人家裏做客。

肇事司機坐在竹椅上，一般都低垂著腦袋，一副很悔恨的樣子。村子裏有人開始用蹩腳的普通話和司機交談，聲音沉穩，看上去很和善，如果是甯國司機，石嶺頭從甯國嫁來的女人就會當義務翻譯，進行志願者服務。

司機一般不開口說話，一副任人宰割的樣子，直到開出賠償價碼了，他才抬起頭，述說自己的窮苦，請求降價。

石嶺頭人對這樣的談判已經有豐富的經驗，他們不會急於求成，而是勸司機慢慢考慮，留司機做客，免費提供食宿，招待標準不會低於來了娘舅的水平。

司機吃了兩頓豐盛的招待餐後，終於開始妥協，他們明白這些菜錢最終是自己口袋裏的洋鈿，再享受下去，估計會產生滯納金的。

那輛停了一宿的車子屁股冒一陣煙，灰溜溜地開走了。這個司機也許會想再也不來這個地方了，但他做不到，他不改行的話還得在這條路上跑，還得經過石嶺頭，還得欣賞石嶺頭四季美景，他所能做的是讓自己減速慢行，聽范偉的，低調。

得到賠償的人家一般都會擺下慶功宴，割幾斤肉，買一罈酒，那一夜，石嶺頭就充滿歡樂，洋溢著喜慶，代表著和諧。

我喜歡這樣的人民，他們刁蠻又豪放，他們貧窮而樂觀，他們團結而活潑，比起朱家那些謹慎而膽小的鄉親，他們更具有魅力。

11

石嶺頭的公路逼仄，河道同樣是逼仄的，為了擴張田地，河岸不斷被侵佔，那條叫虞溪的河終於苗條成了骨干美。

雨季在每年的6月如期抵達，有時候連著下幾天的雨，有時候是一夜之間，虞溪就發大水了，水的轟鳴聲會越過簡陋的玻璃窗戶，給每一個戶主拉響警報。

接下來你肯定會以為村民們會一骨碌爬起來，在村幹部的帶領下衝進雨幕，帶起工具抗洪救災。那就錯了，這樣的場景不會在石嶺頭上演，每年一次的洪水已經讓他們習慣，他們不會拿小命去和洪水搏鬥，他們知道洪水無法阻擋，只要洪水不抵達他們的床鋪，他們會再睡一會，然後在晨曦裏起床向虞溪眺望，觀察下那幾戶人家的溪灘田被水沖了，看看洪水的痕跡離最靠河的牛棚有多遠，然後評估下這場洪水是否比去年的大。

當虞溪不再是掛著的河流，雨開始減弱，石嶺頭的壯漢們就開始收拾工具，向虞溪出發了。

王德貴往往第一個跳進混黃的虞溪，這時候的虞溪不再轟鳴，但河水很急，不斷打著漩渦，一般的人是站不住的，王德貴站在一顆灌木前，這個位置有利於在身體搖晃時抓一把。

於潛一帶的鄉民有兩大傳統愛好，一是看殺頭，解放前聽說縣城有殺頭，背著冷飯包，呼朋喚友，翻山越嶺幾個時辰趕去刑場觀摩。解放後改為槍斃了，刑場的娛樂性明顯下降，看殺頭的愛好漸漸弱了。第二個愛好是看大水，家家戶戶在洪水時趕去河堤上，站在安全區看洶湧的河水，一方面權當是一次模擬黃河遊，一方面是看王德貴的表演。

　　漲洪水的河流物產豐富，上游很多被沖毀的樹木、房料甚至豬羊會經過這裏，這是王德貴冒險跳進虞溪的原因，既是清理河道，又是發橫財的機會。

　　幹這些打撈活的男人一般兩類，一種是家裏太窮的，一種是老光棍，王德貴屬於後一種。當他在水裏開始工作時，他背後的堤岸上已經站滿了看大水的人，其中肯定有幾把花枝招展的雨傘，它們的主人也是花季女人，她們的出席讓王德貴勇氣倍增。

　　拿著桼鉤的王德貴還是很有些英雄氣質的，這讓我也對他刮目相看。在看大水中，一個上午很快就過去了，岸上也有了戰利品，大都是一些瘦弱的小樹，還有些零星的生活用品。這個時候有些人擋不住餓，回去填肚子了。

　　但鄉親們如此鍾愛看大水肯定有娛樂性的。記得有一年水裏沖來一頭大肥豬，三個壯漢一起上陣，成功打撈上岸，一看豬還沒臭，眾人歡呼。還有一次，遠遠飄來一團，王德貴以為是衣服，結果拉近一看，竟是死人，在背後的一片驚叫聲中，他嚇得趕緊扔了桼鉤，人一滑，被水沖出幾百米，差點就追隨而去了。

12

　　小姨開了小賣店後，村裏的閒人就時常來坐，慢慢地就成了石嶺頭的人氣場所。80年代的鄉村生活還相當單調，平日裏的娛樂除了聊天就是打牌，石嶺頭的賭風很盛，小店裏日夜都有打牌的青年，由於賭注還不小， 就吸引了幾層圍觀群眾，小店熱鬧得很。小姨很會做生意，老是煽動贏的人請客，見者有份，於是觀眾越發多了，小店的生意也還是興隆的。

　　但石嶺頭是個窮村，過往攤販在這裏很難兜上生意。他們總是急急穿過村子，連吆喝聲也顯得無精打采，敷衍了事。

　　有個賣水果的販子首先摸透了村子的風氣、深入瞭解村民的消費習慣，他把水果攤往石嶺頭小店門口一停，然後擺開一副撲克牌，向石嶺頭人民宣佈，跟他玩牌，贏他了就白吃，輸了的話略高於市場價買他的水果。

　　這一促銷方式很快贏得了石嶺頭人民的喜愛，他的水果每天售罄，石嶺頭村的水果消費量明顯上升，家家戶戶都提高了生活水平。

　　我很快發現這傢伙的水果質量不斷下降，但好像沒有人提出抱怨和投訴。

　　石嶺頭小店門口的市面相當好，殺豬的、販菜的偶爾有賣藝的全集中這裏。我讀初二那年暑假，我被這市面誘惑，向小姨提出我要在小店門口擺個冰棒攤。小姨自然高興，借來了冰棒箱，那是一隻淺綠色的木箱，裏面有兩層棉絮，合頁一面寫了兩個白色大字「冰棒」，這可是通用模式啊。

　　後來我的冰棒攤開張了。進貨是小姨丈去鎮上代勞的，銷售是小姨在做，我頂多在高興時坐在冰棒箱前對著烈日下匆匆行走的鄉親吆喝幾聲。這種促銷是單調的，那時捨得吃冰棒的也就是孩子，每天的存貨都是我小姨利用人際關係強行促銷的。

　　所以我這個不會經商的甩手小掌櫃，竟然在一個暑假賺了自己的學費錢。

　　石嶺頭的快樂生活讓人難捨。當外出打工的風氣漸漸傳到這裏，年輕人開始出門打工。但他們不願去太遠的地方，一般都在於潛鎮範圍內。80年代後期，於潛的家庭紡織業異軍突起，成

為影響全國的生產基地，產品很集中──絲綢被面，設備很單一
──一台綢機，於潛鎮上的絲綢市場發展成為全國最大的專業市
場，客商雲集，人山人海，紅旗招展，那場面，是相當的熱鬧。

　　那陣子，姑娘們幾乎清一色做擋車工。而男的在鄉鎮企業
做工。

　　石嶺頭的青年很重視生活質量，他們對埋頭苦幹、天天加
班相當深惡痛絕，如果有半個月不能回到可愛的家鄉石嶺頭，就
會寢食不安。一般他們在領到薪水之後，就找個理由，回到石嶺
頭，回到根據地，昏天暗地地玩上幾天，直到東家或領導催了幾
次，才戀戀不捨地去上班，期盼下一次發工資後，重返石嶺頭。

　　隨著打工時代的到來，石嶺頭的年輕人越來越多離開小村
子，讓石嶺頭小店生意開始變得清淡，小姨與時俱進，毅然關閉
了小店，置辦了綢機，開始新的創業。

13

　　1989年夏天，15歲的我考上了縣城的高中。即將到來的全新
生活讓我意氣風發。我要去城裏了，城裏是什麼樣的呢？

　　我一直沒去過縣城，對我來說於潛鎮是我的城市，而省城杭
州已經是往事了，儘管父親原來在省城工作，我也隨母親去住過
一陣子，但太小，已經沒有記憶了。

　　這個夏天，我為了準備去縣城上學，破天荒的沒有去快樂的
石嶺頭，一紙錄取通知書讓我猛然覺得自己是成人了，要學會獨
立生活。

　　是的，15歲的我不會獨立生活，母親開始教我洗衣服。黃
昏，烈日只剩下餘暉，蟬也不在枝頭瘋狂的鳴叫，母親就在洗衣

台前一遍遍告訴我，先浸濕衣服，然後塗上肥皂，襯衣先刷領子，要注意袖口刷乾淨……

母親幾次和父親商量要給我買個皮箱，然後置一套新衣服，要像像樣樣的去上學。

那個夏天父母都忙碌，父親利用假期去50里外的藻溪築路工地打工，母親在鄉里的裱畫廠做裱工。

一天傍晚，太陽已經落山了，母親還沒有回來，小弟開始叫餓，我幾次到路口張望，沒見到母親的身影。

當慧琴她爸出現在我面前的時候，天已經黑了，這位40多歲的男人喘了陣氣，對我說：你媽在衛生院。

我趕到衛生院的時候，母親已經醒了，她騎車回家在道班門口被一頭逃竄的肥豬撞了，這樣的事故竟直接導致休克，慧琴她爸正好路過，趕緊送去了衛生院。

第二天母親就出院了，儘管她的腿還有些疼，但醫生已經檢查過了。回到家，母親讓我把被子都曬一曬。

傍晚的時候，母親去樓上收被子，我在灶下生火，猛然聽見她慘叫一聲。我衝上樓去，看見母親抱著被子坐在地上，一頭汗，怎麼也起不來。

小弟嚇得大哭起來。這個時候，我是家裏的主人了。

我所做的第一件事就是請村裏人幫忙將母親抬去衛生院。然後，拖上家裏那台陳舊的自行車，往50里外的藻溪一路疾馳，向父親求援。

母親的檢查結果出來，是坐骨和腿骨連接處折斷，也就是一條腿不聽指揮了，必須去大醫院動手術。

　　父親用板車拉著母親輾轉了周邊幾個醫院，最後確定在省城117部隊醫院動手術。

　　這個夏天，我和小弟都很聽話，小弟不再去河裏游泳，也不整天拿著網兜去樹林裏捕蟬。

14

　　母親的手術花光了家裏的積蓄，這積蓄是準備用來造新房的。

　　我的新皮箱也沒戲了，成為我母親床頭的藥。但新衣服還是置辦了，是村裏女裁縫雲琴做的，裁縫鋪就在我家不遠的一間小屋裏。那是我今生第一套西裝。

　　開學的時候，母親還在省城，沒有出院。父親匆忙趕回來，連夜備了上學物品：一袋米、一隻鐵臉盆、兩床被子，還有一只褪色的木箱，那是母親的嫁妝。

　　從家裏到縣城當時有些路程，一路客車顛簸，但我很好奇，沒有感到有什麼辛苦。

　　到縣城下車，父親問了學校方向，擔起行李就急急趕路，一邊催促我跟上。走了大約快一個小時，有輛卡車在我們身邊忽然停下了，我們父子茫然看著，車廂裏有人招呼上車，很熱情，不像是壞人。

　　原來是學校的接送車，在車站旁有接待站，我們沒注意，走了冤枉路。

　　到學校繳完學費，到宿舍安置好，父親又把我領回車站，在車站旁的「春蕾麵館」吃了碗麵，父親就去車站，他還要趕回省城去準備母親第二天的手術。

　　父親一步步走遠了，我突然感覺自己孤立無援，這是我第一次面對舉目無親的城市啊。

　　車站發車鈴響了，在拐彎處，父親終於回頭看了我一眼，喊了聲我的名字。

　　這一聲，讓我突然間長大了。

　　10年後，我把這段往事寫成《上學的記憶》，發表後，有人說像朱自清的背影，我想，每個農村的孩子都有這麼個背影，讓你突然間發現自己成長的背影。

　　17年後，我在異鄉想起這段往事，依然很清晰：

　　　那年我十五歲
　　　你的自行車與一頭豬在拐角相遇
　　　簡單的拋物線
　　　把二十年的病痛繫進股骨
　　　不可防備的暗襲
　　　來自一個無法洩恨的角色

　　　父親在50里外的工地上揮汗
　　　小弟的哭聲成為號角
　　　沒有電話，我的腳踏車飛轉
　　　茫然無措的選擇，儘管是在半小時前
　　　損傷的工具

　　　父親製造了運輸工具
　　　一把躺椅和一輛雙輪車的結合

（沒有旅遊的商業價值）
然後，從土屋開始
在方圓幾十里的鄉間醫院巡遊

這個夏天空前酷熱
我剛考進縣城，躊躇滿志
新皮箱的獎賞在望
忽然就成為成捆的藥

民間的醫術神話不斷破裂
我們終於選擇省城，117醫院
一個為解放軍療傷的聖殿

沒有父母的家無比靜寂，知了
一陣陣地鳴叫，我們聽話
不去河裏游泳嬉鬧

阿姨領我去杭州探望，弟弟
在路口羨慕地叫我
遞給我水壺
117醫院很美，母親也很開心
從視窗，我看見許多的護士走過
美如天仙

從天堂回家，我想母親
一定會含笑回來，為我們做
可口的醬筍

回家的母親依然躺著，雙腿吊著秤砣
無法插入泥土，無法走向清澈的河畔

我在秋天去縣城
穿著有生以來第一套西裝
村裏的裁縫翻了許多服裝畫冊
為了母親的要求

我在縣城孤身的日子
母親的牢騷幾何增長，無法走進田野
無法看見兒子，對腿的無奈
轉化成對男人的不滿
父親選擇沈默

當母親走下病床
已失去奔跑和跳躍的權利
緩慢，是掩蓋缺點的唯一選擇

而我的歸家，成為母親的節日
用整天的時間包水餃，準備迎接遊子的晚宴

母親，如今你的節日已久未抵達了
我在遠行之後，只能在心中回味當年的美味
電話的聲音成為你的等待
我的母親啊，思念和病痛交織成
怎樣的心情？
我的母親啊，我只能矯正一些文字
而無法矯正你骨子裏的創傷！

我無法用孝心抹去你的歎息
我無法陪伴身旁
只希望能帶你去看看遠方，看看兒子
心中的天堂

　　　　　　　　──《立夏，想及家人》（組詩之一）

往事如此漫長

1

很多年沒有在清明節回鄉祭祖了。

爺爺的墓就在老家土屋後面的山坡上，一個黃色土塚，墓後是長滿雜樹和灌木的山，前面曾經是一片茶園，清明的時候正好長出一片嫩綠的芽茶，現在已經變成了竹園，密密麻麻地站著竹子，讓一個原本沐浴陽光的墓穴掩在綠色中。

爺爺是跟著他父親從浙南的處州來到天目山下的，那年他還是個拖鼻涕的孩子，坐在一個籮筐裏，從龍泉出發往下三府（杭嘉湖）尋找生存的地方。當時的上八府太窮，他們的家當全在一擔籮筐裏，兩個孩子在長途跋涉中一直享受著籮筐的安逸，他們只聽見扁擔在曾祖父的肩頭吱呀吱呀地響。

我不知道他們走過多少地方，又怎麼會選擇在天目山腳的這一個山灣裏落腳，然後安家落戶，延續一脈香火。這個天目山下的小村子叫朱家，只有幾十戶人家，地主自然姓朱，曾祖父在朱家做了長工。

成年的爺爺沒有讓自己蛻變成人物，繼承了曾祖父的手藝做長工，也許是外來的原因讓爺爺養成了本分老實的性格，而山民都有欺軟怕硬的劣根性，幾次試探之後就把爺爺定格在底層的人群了。

爺爺的懦弱迫使奶奶練成了要強的脾氣，勇敢地面對各種

民間的生活挑戰。奶奶是個小個子，如今已經80多歲，但依然康健，大約是爺爺不夠男子漢的氣魄，她極少提及爺爺，我只知道爺爺個子很高，但沈默寡言，總是用自己的力氣化解矛盾，「有次井裏有個髒東西，村裏有人硬說是季家小孩的大便，你爺爺就下井去掏，掏出來才知道是個爛南瓜」，奶奶說著這個故事的時候，表情是有些無奈的。

解放後的爺爺依然像頭黃牛一樣活著，他的個性使得他在集體生產時代做得更辛苦，奶奶後來生了四個女兒，像四隻鳥兒等待食物，讓黃牛沒有喘息的機會。

爺爺去世的時候只有40多歲，正值壯年，那年母親只有12歲。

那年季家的6個孩子，只有大舅季宗富已經成年。

2

大舅的墓在江西瑞金。

大舅是個白淨高挑的小夥子，我童年的時候，村子裏的老人常常將我與他相提並論，「慧慧像他大舅舅」，我在雪琴阿姨的相冊裏見過大舅，他與一些同樣年輕高挑的男人站在一起，他們的身後是一個革命烈士紀念館。

這張照片是他和戰友的合影，他在空軍部隊，是空軍無線電員，他是季家唯一有機會出山的人，他的戰友復員後都到政府部門任職，我可以理解當時奶奶和母親四姐妹對大舅寄予的厚望。

但大舅後來成了烈士，在他榮立三等功的同時。那張烈士通知書奶奶珍藏了半個世紀，已經蟲跡斑斑，紙質發脆，大約在五年前，我把它從奶奶手上接過來，經過塑封，珍藏在自己的書櫃裏。

　　大舅最要好的戰友後來一直在臨安法院工作，他經常會來看望奶奶，我對他帽子上的天平記憶猶新，我想九泉之下的大舅會為有這樣的戰友而欣慰。如今，那位戰友早已退休，應該也有70左右的年齡了，我有多年未見，祝願他安康。

　　大舅留給我們的除了這張通知書，就只有那張與戰友的合影了，我在前年的春節向阿姨要，她在一堆相冊中翻出來，發現已經被氧化緊貼在相冊上了，我經過電腦補救處理後，存在電腦裏，同時給母親四姐妹每人一張放大到10寸的復原照片。

　　每次清明，奶奶或者母親都會單獨為他上一株香，至於他在江西瑞金烈士陵園的墓，我們一直沒能去祭掃。

3

　　大舅的英年早逝讓季家幾乎斷了出人頭地的機會。

　　奶奶並沒有因此而放棄努力，相反她讓四個女兒過得很溫暖。沒有再嫁的奶奶一手養大四朵金花，即便在三年困難時期也沒有讓她們餓過肚子，這一點讓成年後的孫子對她由衷地敬佩，我曾經問過她用什麼辦法挺過這些年的生活。她回答說，養豬。賣豬可以得到生活用品，豬下水可以改善營養。同樣的食物，奶奶養的豬總是比別人要肥碩些，殺豬佬們也都說奶奶養的豬肉好吃。最多的時候奶奶養過8頭豬，恰好政府在那年鼓勵農民搞養殖，要樹立幾個典型，鄉政府得知奶奶的情況，推薦到縣裏，不識字的奶奶成了那年全縣的勞動模範，披紅掛彩地在縣城參加了表彰大會，獎勵了一隻鐵臉盆。

　　想不到還是奶奶自己出人頭地，風光了一次。

　　奶奶不識字，但重視讀書，二姨和小姨後來都高中畢業，也算是當時的高才生了。

　　若干年後，四朵金花都成年了。

　　母親經人介紹認識了在杭州重型機械廠工作的父親，23歲時結婚，父親是上門女婿。

　　大姨在造甘溪水庫大會戰時認識了大阿姨夫，結婚。

　　二姨是村越劇團成員，排練時住在團友家裏，認識了團友哥哥，結婚。

　　三姨去她外婆家走親戚，被當地大戶人家——張家少爺看中，狂追二年，結婚。

　　這四戶人家都不是名門，但都是殷實人家，四個女婿也都敬重老人家，奶奶在晚年開始成為村裏老人羨慕的對象，都說她是老來福。

4

　　我是季家大孫子。

　　我是出生在地主家的大院裏的，也就是接納曾祖父做長工的那家，土改後這個地主大院被貧苦農民佔領了，每戶人家只有一兩間。集體的生活讓我的童年不寂寞，我至今記得大院門前的石獅子，牛腿上的八仙以及窗欞上的壽桃。

　　季家的廚房在平房裏，很小的一間屋子，臨窗放八仙桌，灶頭正對屋門，我常常坐在門檻上，在大人挑著欄肥從面前經過的時候大聲嚷臭。而臥室在右側樓上第一間，薄薄的板壁另一邊，龍江媽愛姣的大嗓門聲聲在耳。

4歲，我在生產隊曬穀場上用木炭從1寫到100，村人傳為美談。

7歲那年，我開始上學，第一年就得了全公社第一名，鄉里聞名，感覺揚眉吐氣的奶奶越發寵我了。

7歲那年，我家新居落成，依稀記得那是一個晚上，我們喬遷新居，母親的手上抱著2歲的弟弟。

5

季家與處州龍泉的親戚走動到上世紀70年代就斷了，那時我剛出生，沒有任何記憶，我們落戶在天目山腳的這一脈也沒有家譜，我曾向幾個老人詢問過我們季家是從龍泉的哪個地方遷過來的，有沒有可以聯繫的家譜。但他們都沒能給我答覆，他們臉上的茫然讓我有些失落。上個月我去溫州途徑龍泉的時候，用同樣茫然的目光面對這片祖先生存的土地，我對往事的追溯只能抵達曾祖父的籬笆，龍泉僅僅是我祖籍追憶的劇終字幕。

白露紀事

1

如果恰逢白露時候，你去浙皖交界的昌化走親訪友，肯定是會吃閉門羹的。村子裏家家戶戶關門閉戶，或者是蹣跚的老人在看家，即便把整個村子走遍，也遇不到一個年輕的村人。只有幾條土狗在村道裏晃悠，很忠實地做著保安隊員。

如果你是外鄉人，你一定就疑惑，這人都去了哪裏？

抬起頭，把視線落在那些山巒上，再豎起耳朵仔細地聽，你會聽見連續的擊打聲，此起彼伏，一座山一座山地連綿過去。你也許就想起一句唐詩：高山不見人，但聞人語聲。生出一些新鮮地聯想。

山上是熱鬧的，每一個山頭都密集長著模樣普通的山核桃樹，每一片山核桃林都藏著人，男人大多在樹上，立在樹杈上揮舞著長長的竹竿，竿子在樹枝上舞動，擊打在一顆顆山核桃果子上，啪啪地響，那些青褐色的果子彷彿猛地被驚醒，一個激靈就落下來，落成一片雨，在地上輕彈一下，然後沿著陡峭的山坡滾一陣子，在某個樹樁或草叢裏藏身，像一群喜歡捉迷藏的孩子。

每一個人都顧自忙碌著，樹上的男人立著身子揮舞竹竿的姿勢很有幾分氣勢，帶著一點騎士的風度，忙碌了半年，這會兒是個驕傲的收穫者，聽著那些果子落在地上的聲音，很有些大珠小珠落玉盤的悅耳。而樹下的女人們都伏著身子，在陡峻的坡山上

讓身子俯向土地，一寸寸移動腳步，一次次低頭拾撿，在泥土的氣息裏完成感恩的動作，那是對大山最虔誠的叩拜。

2

如果你對這樣的場景產生興趣，你可以一同去山林。

天尚未露白的時候，人們就舉村出發了，幾聲門響，一片引擎發動聲，然後是村莊的燈滅了，一串車子開著大燈魚貫往山裏進發，到山裏各自分開，肩挑手扛著工具，起先是緩坡，路也寬些，人群都說笑著，預測著今年的收成，走一陣，路開始險峻，在極陡峭的山坡上之字型蜿蜒而上，有些地方窄得只容得下一雙腳，人們便噤了聲，留意著腳底，山路下只響著腳步和呼吸的聲音。

在某一片林子裏停了腳步，把自己的呼吸先平靜下來，然後開始布網，把自己的地盤圍起來，防止落下的果子滾到別人的地盤上，白白送了人或者不慎惹些糾紛出來。

山核桃只長在陡峻山坡上，外鄉人大多在這樣的山坡上站一站就是一種挑戰，作用和那些拓展訓練相仿，都能讓那些意志薄弱者立馬現形，兩腿哆嗦起來，但一般不會暈倒，因為一倒下，人就像皮球一樣滾到坡底，誰也沒把握經得起這樣的極限運動。

白露到，竹竿搖。隨著那一陣陣啪啪的響聲，樹下的人開始進行尋寶，那些落在地面上的果子拾完，就開始在草叢和樹葉下尋找，這樣的尋找看似尋常，但沒試過是不知道其中的艱辛的。因為山地陡峭，你必須每一步都站穩腳跟，站穩全靠腳尖的力量，五個腳趾用力，頂住鞋尖，咬住腳下的一腳凹地，那凹地是需要自己踩出來的，不一定堅實，而且得留意有沒有踏在浮石

上，因為浮在地上的石片如果被腳踢下山去，那石片順著坡度高速滑下，到山腳就像一支箭，萬一遇到走動的人，足以割破皮膚和削掉頭皮，會釀出一起傷亡事故來。眼睛還要睜得雪亮，揪出那些裹了一身泥巴，企圖混在泥土裏逃避過關的果子。

這般要求，人就全身用勁，極易疲憊，尤其是那十個腳趾，沒走慣山路的人很快就發現自己的腳趾像《貓和老鼠》裏那只被鋼琴夾了手的貓一樣，火辣辣地疼起來，正想讓它們舒坦些，轉頭望見那陡坡，又只好繼續委屈這些可憐的兄弟。

那些樹上的男人更是看上去瀟灑，全身都緊張著，對那腳下險峰般的風景視而不見，只有等到下樹來才能長長舒一口氣，然後喝一氣茶，點上一支煙，釋放一下全身的神經。

3

山核桃有個與天子有關的傳說，據說這原本苦澀無比的果子是朱元璋屯兵大明山時開發食用功能的。其實去澀無非是煮熟烘乾而已，並不複雜。我覺得這種傳說源自山民那種崇貴心理，企圖讓這小小的果子和皇室貴族聯繫起來，讓它多一份大氣和神秘。我寧願相信這種方法來源於山民的智慧，我相信民間具備這樣讓人敬佩的智慧。

入夜，村莊又開始喧鬧起來，家家戶戶的門前都機聲隆隆，但今年的行情讓山民並沒有露出太多的笑臉，不斷更新的科技讓這原本生長在絕壁之境的果子開始落戶在緩坡平地，原本十年磨一劍的果實也很快出現在枝頭，它的價格也理所當然地開始下滑，與那些規模不斷擴大的經濟作物一樣，面臨週期性的困境，理性來說，這是市場規律，但從情感來說，它維繫著幾十萬山民

半個家鄉的生計，我不願這些鄉親們在行情的大起大落中大喜大悲，他們更願意穩定的生活。

願每一年的白露都是昌化的節日，而不是一聲聲歎息。山核桃，你以白露為冠，那是一頂來自自然精華的華冠。

妙樂寺往事

1

數年前的一日，去拜訪家鄉的一位長者，老人喜歡詩文，與我忘年交。一番傾談之後，老人遞過幾頁文稿。說多多指正。我以為是詩稿。一瞥之下是《駱賓王下落考》，心中大驚，急忙翻看，文首赫然印著一襲官服的「唐侍禦賓王公像」。

稍諳古代文學的人都知道這個初唐四傑之一的駱賓王。他7歲時作的《詠鵝》為人們所熟知。那篇後來收入《古文觀止》的〈討武曌檄〉更是文采橫溢，據說連討檄的對象武則天看了也讚歎不已，並責怪丞相的無能，讓人才流失了。檄文寫到這個程度，也真的可以歎為觀止了。

揚州兵敗後，駱賓王便失蹤了。有人說被殺了，有人說出家當了和尚，眾說紛紜，綿長的文學史多了一個謎團。

想不到他竟躲在天目山麓的小廟裏。

2

浙江西天目山麓有座於潛古鎮，鎮郊十里有座名叫上駱家的小山村，村子濃蔭遮地，小橋流水，頗有幾分古韻。村南的山坳裏曾有座「小築三楹，建於晉代」的妙樂寺，這裏正是駱賓王遁身之處。

駱賓王遁跡於潛得從他的次子駱崇德說起。西元684年的秋

天，一葉小舟載著位青年沿婺江、富春江、天目溪一路逆流而上，最後停泊在於潛縣城的後渚橋船埠頭，不久，鎮郊的山村裏多了位入贅的新女婿。

此人便是駱崇德，此刻他的父親正在揚州起草那篇著名的檄文。起兵造反畢竟不是兒戲，他自然需將家人安置妥當。於潛地處偏僻，離揚州有些路程，這樣的安排是費了一番心思的。

揚州的兵變很快就以失敗告終，金戈鐵馬的故事匆匆收場，倒是這篇〈討武曌檄〉「起兵一檄，凜烈千秋」（《賓王公像贊》），為後人所津津樂道，給中國文學史添一道亮麗的風景。

但勝者王侯敗者寇，檄文的作者開始了逃亡生涯。爭議也由此展開。

《舊唐書》列傳和《資治通鑑》均載駱賓王「伏誅」。但這類為朝廷歌功頌德的史書不足以信。倒是出家為僧的說法頗為人們接受，也是人們希望看到的（那是一個景仰詩人的時代）。

關於駱賓王出家尚有個帶著傳奇色彩的故事，傳說多年以後有位叫宋之問的詩人夜宿靈隱寺，面對寺前的夜景產生了創作衝動，但吟了「鷲嶺鬱苕嶢，龍宮鎖寂寥」兩句便思路滯塞，搜腸刮肚之際，忽然寺內有位老僧朗聲接道：樓觀滄海日，門對浙江潮。宋之問聽了思路大開，詩句脫口而來：桂子月中落，天香雲外飄，捫夢登塔遠，剜木取泉遙……

這位聯韻的僧人正是駱賓王，詩情的火山短暫蓬發後自知不妙，次日便悄然離去了。

故事再吸引人也只是故事，逃亡中的駱賓王是不會輕易向人透露姓名的，但文人們寧可信其有，使之廣為流傳。

即使故事是真的，人們的目光也只能在靈隱寺做最後的依戀，因為再以後，連這樣的小道消息也沒有了。

3

關於駱賓王的生平，圈內有不少人作了研究，有人考證出駱賓王生於619年，那麼逃亡中的駱賓王已是位年逾花甲的老人。與朝廷捉迷藏的遊戲是極危險的，顛沛流離中駱賓王漸漸心力交瘁，終於決定找個地方消磨殘年。

由「靈隱至天目」（《駱氏宗譜》）大約是最好的選擇了，崇德已在於潛「安居樂業」，在兒子身邊畢竟有個照應，而且妙樂寺一鄉野小寺，香客寥寥，更無達官顯貴光顧，是遁跡的理想去處。

妙樂寺便多了位老僧，你唸你的經，我種我的地，寺旁的山民是不太會過分關注寺廟的人事更替的。大起大落的駱賓王最終也會看破紅塵，成為一名真正的佛門弟子，滿腹才華化作晨鐘暮鼓，在山野間敲出幾分清音，那篇〈討武曌檄〉成為詩人最後的絕唱。

4

辭別長者回縣城，乘坐的車子路過上駱家附近，遠遠望去，妙樂寺早已消逝了，遺址成了鬱鬱蔥蔥的竹林。

駱賓王大約死於710年左右，距揚州起兵已有二十餘年。此時駱崇德已脫離入贅的趙家，恢復駱姓，在上駱家自立門戶，賓王之死在鄉鄰的眼中只是一樁普通的佛門喪事，但他們找不到駱賓王的墓塚。

　　據說駱賓王的墓有兩處，一處在南通的狼山，一處在他的家鄉義烏繡川溪。但真正的墓在何處呢？我們無從知曉。只能想像某一個夜晚，一葉小舟載著他的骨灰隨江水而去，吱呀吱呀的櫓聲又為我們留下一個千古之謎。

緩慢的幸福

不知道幾點了，窗外偶爾有人簡短的說話，很安靜。

猛地，豬淒厲的叫聲響起，一聲比一聲高，拖著長長地尾音，明顯在掙扎著，到最嘹亮的一聲之後，聲音就降了，力量像潮水一樣退出，變成短促的呻吟，又歸於一片寂靜。

等我出現在道地裏的時候，案板上已經鋪排著白花花的條肉，紅白相間，冒著最後的熱氣。動物脂肪被熱水沖淋後的氣息佈滿整個場地。年豬告別儀式的主持人出現在畫面裏，只是一個背影，頭的一側冒著嫋嫋青煙，說明他正叼著一根煙。屠刀的寒光時不時在案板上閃現，這是整個活動最耀眼的道具。

我離開熱氣騰騰的道地，在空無一人的客廳坐下。客廳的中央擺著一隻火盆，淺淺的灰下藏著紅彤彤的炭火，含蓄地為客廳提供熱量。火爐旁邊的鐵架上擱著一條褲子，靜靜的取暖，像個安祥曬太陽的老人。

我用小鏟在火盆表層劃拉了兩下，火紅的炭火猛地亮出來，彷彿頑劣的孩子一覺醒來刷地睜開眼睛。紅色炭火讓我興奮起來，覺得該做點什麼，起身在櫃子底下找到一個小巧的鐵架，放在爐火上，如同空曠的場地上架了個舞臺。然後又倒騰了饅頭、粽子、年糕放上去。這些玩意先是很安靜，像是沒適應這個舞臺，然後就興奮起來，慢慢地發出些吱吱的聲響，體積發生細微變化——膨脹。

　　我等待著這些火上的舞者飄揚出誘人的香味。炭火總是不斷黯淡下去，彷彿是拖遝下來的啦啦隊員。得時不時用鐵鏟去撥拉一下，它們才再次煥發出暖色的神采。

　　周圍依然很安靜，廚房裏傳來菜刀撞擊砧板的聲音，很有節奏。還有劈啪作響的柴火。可以想像那些乾柴在灶膛裏舞動的火焰。對午餐的期望就這樣被勾引，鼻子也在主動地尋找熱乎乎的菜餚的氣息。

　　這時候面前食物的氣息率先進入嗅覺，我俯身去看，這些一直被炭烤著的玩意全都變了臉色，一個個紅漲著身子，好像是爛醉的酒鬼。我拾起一個，輕輕一扳，白色的內容熱氣騰騰地亮出來，伴隨著一聲洩氣的聲音。

　　彷彿一聲長長的嘆息。

獵獵溪風說潛陽

——於潛記事

1

「浙右通衢風物縱橫三百里，漢時古邑文章上下兩千年。」

去過於潛岞崿山公園遊玩的人，在山腳會看到這幅對聯，對聯刻在進口的石牌坊上，岞崿公園並不大，石牌坊卻有些氣候，越發襯出這幅對聯的豪邁，觀者便會回首對小鎮細看一番，再回頭往牌坊內瞥一眼。公園內冷冷清清，沒幾個遊人。不禁就皺眉發問：

鄉野小鎮，果真有過這般意氣風發的經歷嗎？

的確，歷史一長，就讓人產生疏離感。從西元前109年建縣起，2100年的時光是道綿長的軌跡，足以讓於潛白髮蒼蒼，隨意的回眸一望，便拉出悠長的目光。

2

於潛早在西漢時便受當權者青睞，得以建縣，其原因大概與於潛的地理位置有關，暫且撇開那些眾所周知的情況，單就我知曉的一則民間故事就與此大有關係：

很久以前，浙西南到南京的驛道通過於潛，在鎮廓頭還立了石碑，上鐫「南京大路」四個大字。

有一次，劉伯溫回青田老家探親，打算在於潛乘船從水路走。他翻過千秋關走到英公潭的時候，看到一條山脈自東向西，宛如鯰魚，群山環繞，紫氣浮騰——這是出帝王的瑞兆，劉伯溫甚是驚訝。

到了於潛城郊的棠公山，劉伯溫又見一山如鳳凰，展翅欲飛，劉伯溫大驚，忙就地卜了一卦，卦象示於潛藏王氣，待九九八十一天後，王氣沖天，有同朱元璋爭奪江山之虞。劉伯溫忙回南京稟告朱元璋下旨將「鯰魚頭」斬斷，把棠公山截成三段（龍嶺、新嶺、磨石嶺），以破於潛之王氣。於潛縣令得知南京有旨，忙出城接旨，一直接到城外的一座小石橋。後人便把此橋叫候旨橋，時間長了就叫成後渚橋，橋頭的村也叫後渚村。

——《劉伯溫與後渚橋》

這則故事裏於潛要出皇帝的說法不妨一笑置之，不過是寄託了人們的一種期盼，而劉伯溫出行的路線倒能說明於潛在明朝時也當屬交通要地——「南京大路」這塊石牌多少就有點炫耀的味道。天目溪自然成為重要的通航水路，於是小小的後渚橋便跟著交運，成了繁華的泊埠，舟楫雲集，蔚為壯觀，於潛開始了第一個商賈雲集的時代。

與後渚村碼頭有關聯的另一位人物是初唐四傑之一的駱賓王。早在駱賓王揚州起兵之前，約西元684年的秋天，駱賓王之子駱崇德就乘船自婺江、富春江、天目溪一直逆流而上，在尚波平人靜的後渚橋碼頭悄然上岸，隱姓埋名在棠公山做了名上門女婿。「其子崇德公遂鷦息於潛，變易姓名，遙為問省計」（《潛

陽唐夏駱氏宗譜》），有了兒子的「遙為問省」，那麼駱賓王兵敗後出家為僧，「由靈隱至天目」，最終躲在於潛縣郊的小寺廟消磨殘年，就合乎情理了。

　　後渚橋，成了駱賓王一生中最後的轉捩點。

　　一個與朝廷對抗的流亡者最終選擇於潛做為自己的避難之所，可見於潛在兵荒馬亂的年代比別的地方安全得多。特產充裕的地方民風自然比蠻荒之地要淳樸得多，能填飽肚子的百姓只安分守己地守衛自己的「一畝三分地」。當然也有例外，1368年，元王朝大廈將傾，群雄並起之時，一個叫梁萬戶的於潛人大概想嘗嘗「萬戶候」的滋味，趁著世道大亂，拉了一支幾千人的隊伍開始「紅巾」起義，在方圓百里一帶打得也熱熱鬧鬧，只可惜好景不長，大明朝在南京宣告建立，這支雜牌軍即被朱元璋手下赫赫有名的常遇春、李文忠滅得乾乾淨淨。

　　這樣的小插曲並不多，自西漢一直到清末，於潛的土地上戰爭寥寥，或是亂黨過境，短時騷擾；或是邑人揭竿，旋被鎮服，皆不成氣候，對於百姓來說，這當然是拍手稱快的幸事。

　　也許於潛的青山綠水註定走不出力挽狂瀾的梟雄。那麼就在安祥的氛圍中耕讀傳家，將希望寄託於書齋，於案頭那磚頭般厚實的四書五經。天目溪畔，深山冷嶴便亮起一片星星之火。

　　希望在燭光中明明滅滅。許多人對鏡看一眼自己蒼老的面孔，歎息一聲，走出書齋，拎起老父遞過的鋤頭。當然，也會有振奮人心的馬蹄聲，打破山裏的寂靜，在某個書齋前停下，帶走一位春風得意的青年。消息不脛而走，山野間亮起更密集的燭光。

　　但這馬蹄聲總是望穿秋水。

3

1202年秋天，馬蹄聲在小鎮的石街上接踵而過，讓小鎮上的人們驚喜得不知所措。此次壬戌傅行簡榜，竟有9人金榜題名，高中進士，於潛人狠狠地出了口悶氣。

在這九位進士中，有個叫洪咨夔的脫穎而出。洪咨夔，字舜俞，號平齋，博學善文，詩詞造詣頗深，一首〈直玉堂作〉入選《千家詩》便是證明，洪咨夔不僅是文學家，也是藏書家，他的萬冊藏書藏於天目山褒忠院──可惜世事變遷，早已不知所蹤。

洪咨夔生性耿直，為官後敢於直言進言，他父親知道高興得很，說我能吃茄子飯，你不要怕有事牽連我（看來他父親也是敢作敢為之人）。宋理宗一親政就召見洪咨夔，問他當前首先要做些什麼，他說：「進君子而退小人，開誠心而布公道。」理宗看中他的耿直，第二天就升他為監察禦史。大概是遇到明君的緣故，後來洪咨夔的仕途一路順風，一直當到刑部尚書。

1241年，於潛人趙景緯中了進士，趙景緯是於潛惟後（今千洪）人，少時勤研理學，因此榮幸地進入儒家思想最高學府──太學當研究生。中進士後，授江陰軍教授，歷任檢閱等職，幹些編輯文字工作。後來到台州當父母官，深入瞭解民情，為百姓辦了不少好事。看見百姓生活疾苦，他向理宗打報告要求皇上節約一點，捐些庫銀給予百姓──這舉動也算膽大包天，冒了掉腦袋的風險。

但理宗畢竟還算明智之君，沒讓趙景緯腦袋搬家，且沒過幾年，又讓在基層鍛煉過的趙景緯回去當禮部侍郎並繼續搞編輯工作──修玉牒（編年譜）。

趙景緯在台州做了回好官，而鄞縣人樓王壽在於潛幹得也不

錯。樓王壽是在宋紹興年間任於潛縣令的，此前在婺州（金華）已深受百姓愛戴。樓王壽在於潛一如既往地深入調查民情，且因繪畫的愛好，所以有了副產品——《耕織圖》呈上，宋高宗大為賞識，不僅將《耕織圖》掛在後宮展覽，還編制成教材進行推廣，沿用了許多年。樓王壽因此官運亨通。

《耕織圖》成了於潛文史上最強音。

到了清末，於潛又出了位數學家方克猷。方克猷，於潛西菩（今方元）人。天生聰慧，十二歲鄉試以第一名中秀才，縣官不信，當面以地名聯考他，「方元鼓打到更樓太陽來哉」，話音剛落，方克猷就說出了下聯：「藻溪魚跳過橫塘化龍去矣」。舉座皆驚。

然而當時的清王朝已是氣數將盡，方克猷的建議石入大海，只蕩起幾圈稍縱即逝的漣漪，於是他寄望於維新運動，在暗中積極參於活動，但這場看似轟轟烈烈的運動很快以慘敗收場。

光緒三十三年（1907），方克猷猝死，年僅38歲。

關於方克猷的英年早逝，史志上皆稱「積勞成疾」，但民間傳說是因變法失敗而株連被害，還有「金頭歸葬」之說，孰是孰非，已無從知曉。

不管方克猷死得是否光彩，他的《方子壯數學》等著作已讓他以「幾何大家」的威名彪炳史冊，讓西文的數學家投向中國的目光也多了幾分敬仰。

4

到了近代，一直平靜的於潛忽然聞到了硝煙的味道，杭嘉湖淪陷於日本侵略軍，槍炮聲常常讓小鎮居民在睡夢中驚醒。一直

是佛門清靜的天目山猛地喧鬧起來，浙西行署等政要機構紛紛遷來——看來當時風雨飄搖中的神州大地，於潛還算清靜之地了。

天目山至今是於潛人的一塊「金字招牌」，於潛人出行在外被問及籍貫，總會反問一句：知道天目山嗎？如果對方知道，便會一臉自豪，言語親切起來。

指畫家吳野夫，書畫家余烈，書法家阮苓，這三位遠在他鄉的於潛人都有一枚相同內容的印章：天目山人。可見天目山在他們心中的份量。一想到天目山，家鄉山水美景便忽啦一下全在眼前了。

作為日本臨濟宗發祥地的西天目山，是東瀛教徒心中的聖地，早在晉代，就有僧人竺法曠看中這方淨土。而後香火漸盛，高僧輩出。到民國時，浙西行署機構遷入，深山嶺嶨宛如鬧市時，日本人將他們某些同胞心中的聖地狂轟濫炸一番，彷彿給進入華彩階段的交響樂劃上休止符——西天目山的晨鐘暮鼓聲戛然而止。

但天目山是博大的，幾顆炸彈無法銷損它的偉岸英姿。號稱「浙江諸山之祖」的西天目山依然雄姿英發，矗立在浙西大地。日出日落，雲卷雲舒，「大樹王國」是一位穩重的漢子，無言地守衛著這方熱土。清光緒十五年，德宗帝曾駕臨天目，御賜「福佑潛城」一匾懸於韋陀殿。這裏的「福」有皇恩浩蕩的福分，但更多的是對天目山的禮贊。

是的，天目山的秀色永遠吸引著異鄉人的目光和腳步：蕭統來了，太子庵的小樓孤燈裏誕生了《昭明文選》；詩人李白、白居易、蘇東坡來了，賦詩抒懷；大書法家趙孟頫，奉賴撰《獅子正宗禪寺碑記》，墨寶留芳；胡適來了，在悠遠的鐘聲裏，口

撰「有幾分證據說幾分話，做一天和尚撞一天鐘」一聯，以歎時事……

　　除了天目山，於潛的其他名勝，在文友簡樺的一首《初春岵嶁行吟》中可見一斑：

　　　　紛紛細雨戲殘雪，獵獵溪風說綠篁。
　　　　幾點紅妝浮岵嶁，誰家學子道祈祥。
　　　　仙人煉出開工物，謝傳箕踞歎險崗。
　　　　怎奈西園盆景秀，卻為鐵柵鎖春陽。

　　稍知於潛歷史的人都會從詩中看出一些內容。岵嶁山在於潛西郊，山本不高，卻有四十丈的絕壁，頗為險峻。傳說本在太湖之中，大禹治水時為擴湖蓄水用術移來此地，故又有「小飛來」之稱。神話不足以信，但山倒實實在在地為於潛添了幾分陽剛之氣，連東晉名士，做過宰相和太傅的謝安都大歎其險峻：

　　　　岵嶁山東臨縣之西溪，有絕壁高四十丈許，上可安十人，
　　　　謝安登之，箕踞曰：「伯昏瞀人何以過是也！」
　　　　　　　　　　　　　　　　　　　　　　　——《吳興記》

　　於是，「岵嶁行吟」便理直氣壯地走進潛陽八景之中。

　　祈祥塔在於潛南郊的官堰山頂，建於明崇禎六年，建塔的原因頗有意思：一個沒留姓名的人有感於當時的於潛不出人才，在寂然寺牆壁上題了首詩：

於潛何不發科甲？官堰山頭少寶塔。

寶塔何年造得成？只待耳東馬生角。

詩作者大概也是於潛人吧，儘管詩寫得一般，建議也有點迷信，但其中的良苦用心卻引起了共鳴，也得了官府的重視，因為是民心所向，且有了教渝沈在宥的帶頭捐款，歙人馮塘、程文範的五百兩銀子墊底，祈祥塔很快得以建成，為小城平添了道美景。

5

往事如煙。

如今的於潛顯得過於沉寂，多少透出幾分尷尬。千年的時光該留一份長衫飄逸的古韻吧？舊貌卻早已不存，那麼索性掙一份燈紅酒綠的時尚？步伐卻總是徘徊不前。

天目溪水默默流淌，逝者如斯，洪咨夔們都已消散在歷史的書頁中。於潛終究未能造就它自身的文化。岈崿山腳有座小巧玲瓏的博物館。走進去空空蕩蕩，心底浮起深深的失落。

「彰天目之風物，昭於潛之史文」（《於潛博物館記》），這是多少人的心聲。江山輩有才人出，天目山麓自然不會毫無聲響，胡小娥的歌聲與廉聲的小說都在傾訴這片土地的風情，但這聲音也有些孤單，正呼喚著更多的和音。

祈祥塔矗立無語，與它遙遙相對的天目山正大興土木——復建禪源寺，據說這項重大的工程會讓天目山再現輝煌。

也許這是個不錯的消息。

喧鬧玲瓏山

1

印象中，稍有些名氣的山巒總是神神秘秘地躲在崇山峻嶺間，如深閨中的女子，清高矜持。「天下名山僧占多」，只有拋卻世俗的佛道能分享一角秀色，平常的遊客若想見識其真面目，則不得不跋山涉水，峰迴路轉中勞動一番筋骨。於是國畫中的山水蘊藏著渾厚的淋漓大氣。

玲瓏山卻是全然不同的一番景致，山不高也不險，就這般平平實實地呆在鬧市一旁，坦然迎送著遊客，連身體矯健一些的老人都能登上山去親近一番。

這座極普通的山，卻吸引著歷代文人墨客接踵而來，積澱出厚重的人文景觀，個中原因除了自然景觀和宗教因素，大約歸功於蘇東坡的推崇。

2

西元1073年9月，時任杭州通判的蘇東坡來臨安，當時臨安縣治設在高陸（今高虹鄉），縣令蘇舜舉是他的同年宗，又是同科進士，自然一夜暢飲，第二日一早，喜與山水親近的大詩人便乘轎自高陸來玲瓏山。

九月的玲瓏山自然有迷人秋色：秋風中揚穗的稻子翠浪翻滾，明潤郁蔥的樹林中白雲繚繞，山道邊泉聲悅耳。

行至九折岩前小憩，蘇東坡面對秀色，詩句脫口而出：

> 何年僵立兩蒼龍，瘦脊盤盤尚倚空。
> 翠浪舞翻紅罷亞，白雲穿破碧玲瓏。
> 三休亭上工延月，九折岩前巧貯風。
> 腳力盡時山更好，莫將有限趁無窮。

這首〈登玲瓏山〉在《蘇軾詩集》中不過是極平常的一首詩作。若干年後蘇捲入烏台詩案，被貶黃州。在黃州，擺脫名利的蘇東坡與博大的歷史，自然的面對中，「性靈與天合」，寫出了〈赤壁懷古〉等千古佳作，黃州造就了蘇東坡的藝術巔峰。

而1073年的蘇東坡正仕途順利，他無法抵達那種博大的境界，詩作中更多的表現出文采。

蘇東坡對玲瓏山的讚譽，使其交際圈中的文人墨客產生了極大嚮往，隨著時間推移，玲瓏山名聲漸樹。

這正是大文豪文化人格的魅力所在，用句時髦的話，就是名人效應。

3

山腰的臥龍寺是近年新修的，香火正旺，朝拜信徒與逛山的遊客將寺前的佛印坪擠得如同鬧市。

自臥龍寺右拾階而上，過鐘樓，一條小徑通向林中，行不遠，便看見一座水泥墓塚。

這便是琴操墓。

　　提起墓操，不由想起一個名字：蘇小小。一個同樣滿腹才華的青樓女子。

　　蘇小小的名聲源於那則淒美的傳說：傳說她在西湖邊遇見一落魄書生，兩人一見鍾情，蘇小小慷慨贈銀百兩，助其上京趕考。但書生卻一去不復返，杳無音訊。

　　作為《同心歌》的作者，蘇小小自然是重感情之人，在那個時代，遇上負心郎，對於別的女人來說，也許要以死相報了。但她卻蔑視傳統理念，將美呈於街市，做一次個性張揚。

　　琴操同樣不願「老大嫁人作商人婦」，選擇了佛門，與蘇東坡一番暢談後，便到玲瓏山結草庵而居。

　　由青樓遁入佛門，琴操未必真正得到解脫，青燈黃卷的生活在扼殺著滿腹才情，這一點蘇東坡同樣感到無奈，能做的只有多上幾趟玲瓏山。

　　琴操一直鬱悶，起初有大文豪們的來訪，可以做精神上的交流，但後來蘇東坡也被貶了。

　　自此無知音，琴操終於鬱悶成疾而死。

　　《玲瓏山志》中憑弔琴操的詩作不少，略通文墨的遊人都知道琴操的故事，在琴操墓前憐惜一番。

　　獨留青塚向黃昏。此刻琴操墓前冷冷清清，幾個年輕遊客走過來，見是座墓塚，嘀咕一句什麼，便折回去別的地方了。

　　包括整座玲瓏山，在大多數時光裏是寂寞的。「遠方來遊天目者，皆過九州山麓（顯嶺腳），但望玲瓏其背，所以每交臂而失之也。……」

4

　　近幾年玲瓏山又喧鬧起來，臨安市區一直擴建至山腳，現代商潮隨之漫上山來，臥龍寺前攤位林立，小販的叫賣聲蓋過了寺中的晨鐘暮鼓。盤山公路上奔馳著各式車輛，玲瓏山成了市民的休閒公園。

　　沿石階下山，山腳有座水庫，名叫臥龍潭，潭太小，龍大約是臥不住的，但「一灣碧水淨玲瓏」，山上的喧囂到這裏能濾去幾分。

　　然而不知何時，這裏也成了景點，潭中停了幾艘仿古遊船，供遊人聚會和就餐。

　　玲瓏山便整個的喧鬧了。

走過河橋老街

> 河橋位於昌化鎮南十五里，昔日水路通航，「河橋一帶幾
> 里許，煙火不下千家」，曾稱「唐昌首鎮」，抗日戰爭時
> 為浙西商業集市，有「小上海」之稱。
>
> ──《臨安縣誌》

去河橋是在暮秋時節，一個陽光明媚的日子，心情也因這充滿溫暖氣息的沿途山色而祥和起來。

一下車，便望見那古老的圓拱門，在秋陽裏散發著久遠地氣息，門洞內一角斑駁的粉牆和綴著青苔的街巷將老街的景致半明半晦地寫意出來，粗布小衫中透出的滄桑與矜持，讓我們一時間肅立無言。

山野小鎮靜靜地佇立在青山碧水之間，這般地寧靜。有農人推著老式的獨輪車從身邊走過，輪子在石子地面上軋過的聲響讓思緒隨之而去。

老街，不敢踏破你的清靜，讓我悄然走進你。

狹長街巷兩旁是鱗次櫛比的老屋，長長地排列過去。老屋都有些年代了，木質門面褪去鉛華，露出本來面目。屋簷下那一排排老式木窗是老街的眸子，洞察著小鎮春秋，開開閉閉中經歷著時光的流逝。在老屋的簇擁中，古鎮散發著依然強健的生氣，彷彿與這片山水緣定千年……

　　曲巷深深，頭頂屋簷下連綿伸出的各式遮陽篷將天空切成狹長的形狀，秋陽只在街面上投下一條綿長的光帶，巷子裏的風於是有了些古韻，有了些深秋的涼意。

　　江南小鎮離不開水的滋潤，周莊有個白硯湖，河橋也有條柳溪江。這條溪流在小鎮的歷史興衰中舉足輕重。昔時水路通航，有過「煙火不下千家」的繁華，抗戰時更是商賈雲集之所，「小上海」之美譽足以讓我們為之驚歎。

　　但後來河道淤塞，水陸斷航，僻野小鎮退出商業舞臺，又歸於清靜。

　　這種商風卻一樣在今天的老街存在，老街的兩旁儘是店鋪，商品琳琅滿目，很是可觀。然而，過客稀稀，生意很是清淡，店主們好像都已習慣了這種生活，依然悠閒自在地做著各自的活，看見我們這些陌生人在巷子裏東張西望，也只淡淡一瞥，並不招呼生意。

　　小鎮人就這麼生活著，讓我們這些在都市中步履從從的人好生羨慕，那家門面陳舊的理髮店裏，一位花甲之年的老理髮師拿著一把老式推剪在理髮，一邊和著收音機裏的唱腔輕輕哼唱，小小店鋪裏迴蕩著懷舊的氣息。

　　有鞭炮聲突然而至，在午後的寧靜裏炸響，店裏的人紛紛伸頭探望，而後恍然用糯軟的方言自語一句，好像說誰娶老婆了。

　　循聲走去，前面巷子圍了一圈人，衣著時尚的一對新人在眾人的簇擁中走進一幢新蓋的樓房。望著新娘潔白的婚紗拂過古老的巷子，我猛然發現現代文明早已扼殺小鎮的古韻，許多的新樓在老街拔地而起，漸成氣候。

　　這座偏遠小鎮是臨安境內最後的老街了，時代變遷中我們無法抗拒古老文化的流失，這是我們永遠的遺憾，這些歷史的腳印彌足珍貴。比方說周莊，那個讓三毛流淚的周莊。周莊是所有遊子的故鄉，它已不僅僅是江南的驕傲。

　　小鎮同樣讓遊子魂牽夢縈。德籍華裔畫家胡天池先生便是從這條老街走出去的，足跡踏遍十餘個國家，飄泊半個世紀後又回到故鄉。

　　河橋老街已是省級歷史文化保護區，這是小鎮的幸運。新的規劃已見雛形。柳溪江吸引了許多異鄉人的目光和腳步，越來越多的人來小鎮訪古探幽，在懷舊中體悟生活的原味。

　　但老街在紛至遝來的腳步中尚能操守這份純和的韻味嗎？

深秋太子庵

1

這是一靜謐的午後，我和詩人阿健立在廊前，默默地看著飄忽的雨點從屋簷的土瓦上滑落下來，擊打在庭院長滿青苔的石板地面上，悄無聲息。

庭院原本應該是個天井，因了某個主人的雅趣，在兩側築了花壇，花壇的形狀為「凹」字形，中間便有了較大的空間放置石桌、石凳。石桌上刻著棋盤，想必經常有人在這裏對弈，手邊一杯天目雲霧茶正清香嫋嫋，背後的花壇中彩蝶正舞姿翩翩，棋子擊落一個個瑣碎的日子。

而此刻庭院裏空無一人，石桌、石凳、花壇裏鬱鬱蔥蔥生長著的花木都在秋雨中、在我們的目光中緘默。

院門敞開著，朱紅色的木門是小院的面孔，那一對銅環是一雙洞察春秋的眸子嗎？

高高的門檻外是肅然而立的大樹，一排又一排，彷彿是無邊無際的海洋。

我在這個秋雨紛飛的日子穿過喧囂的塵事，走進天目山的腹地。

2

太子庵位於禪源寺後面，出門過幾個臺階就可以隱約地看見一角飛簷。選擇這個位置，可以看出昭明太子蕭統當時的心態，昭明遁跡天目是因受一名太監的誣陷而暫離朝政，並非消極避世，天目山對於他來說是調理身心之地，這一點和駱賓王隱身天目山麓的妙樂寺是全然不同的。

有晨鐘暮鼓相伴，不至於這段讀書生涯過於冷清，睿智的思想也可以在梵音中悟出許多書卷之外的哲理。

雨已經停了，我獨自在小小的院子裏溜達，穿過滴雨的走廊，穿過一扇圓拱頂的側門，便站在古老的讀書樓前，雕樑畫棟的樓閣早已在歲月的風塵中繁華落盡，但餘韻猶在。木門上精緻古樸的浮雕畫依然清晰可辯，敘述著一個古老的愛情故事。誰家的小姐在後花園巧目流盼？誰家的少年躲在花叢中情竇初開？

吱呀一聲打開陳舊的歲月之門，年輕的昭明正端坐著陷入沉思中，目光穿過窗欞，越過屋脊，停留在遙遠的天空。案上鋪開一本不知名的書籍。

案前竟有一口井。

我走到井邊，俯身看去，井水充裕，幾近井口，波瀾不驚的水面映出一張驚訝的臉。是的，我並不知曉這口井與昭明的關係，與井相伴是昭明啟發靈感的方式還是後人一種象徵性的移植？

仁者愛山，智著樂水。大凡文化人都是鍾愛山水的，我想昭明也不例外，不然不會有洗眼池的傳說。

走吧，還是去看看洗眼池。

通向洗眼池的側門關著，上了門栓，我像個天外來客一樣面對這種古老的方式不知所措，鼓搗了半天，才打開久未開啟的門扉。

門外又是一個庭院。一大片花木正陶然沐浴在雨後如洗的陽光中。其間幾條曲折伸展的鵝卵石小徑連著幾眼小池，都有石階通翠，都有美石妝點，哪一個是洗眼池呢？

洗眼池的旁邊豎著石碑，刻著「洗眼池」三個字。儘管石碑是上世紀八十年代重立的，但二十年的風雨已使它青苔遍長，透著歷史的厚重，而石碑旁的一潭止水飄滿了殘枝敗葉，遠沒有想像中的聖潔。於是石碑更多地吸引了來訪著的目光，反而冷落了那一泓名聲顯赫的池水。

冷落又何妨，院牆外那些森然而立的大樹沒有傳說，傲然挺立天地間。

3

忝列佛教第五名山的天目山，禪源寺的晨鐘暮鼓倍受關注，稍有片刻沉寂，便會興論譁然，在日趨高漲的呼聲中，一個法號月照的大和尚接過了衣鉢，扛起了復建禪源寺的大旗。因了眾望所歸，因了月照的能力，很快一座氣勢恢弘的大雄寶殿拔地而起。

曾經辟為天目書院，書聲朗朗的太子庵卻被冷在一邊，破敗不堪，成了野獸出沒的荒涼之地。這讓興沖沖趕來的八旬老人葉淺予很是失望，寫了一首〈太子庵破廟吟〉，發出「何以慰昭明？」的質問。

葉老的質問讓每一位天目山人汗顏。

不久，北京一個叫張金馬的教授來到太子庵，身在首都的他對太子庵慕名已久。面對荒涼的景象，他在失望中聽到了葉淺予那一聲長長的歎息。

不遠處的禪源寺正大興土木。

回到北京，他邀集了一幫學者恢復天目書院。這是對葉老最好的回答。

有趣的是，當年天目書院的創立者也姓張。

如今在我面前的太子庵已煥然一新，啟功先生題寫的天目書院銅牌在陽光下熠熠生輝。時有文人前來小住，讓一泓池水重新閃爍出思想的光澤。

4

一隻龜的到來讓清晨的書院平添生氣。

那是一隻千年老龜，背色如玉，裙邊角質化。我們在屋內圍坐暢談時，它越過庭院，在廊前停下，昂起頭顱，作聆聽狀。

這讓我們驚訝不已，一幫詩人更是歡呼雀躍，說這是福佑書院的神祉。

「神祉」卻被嚇著了，尖尖的腦袋縮進殼裏，良久，才伸出一點點，窺視一番，見這群後生對它老前輩還算尊敬，方挺了挺身子，顧自在這塊曾經熟悉的地方悠哉悠哉的逛遊。但眾人興致高盎，依然對它指指點點，老龜似乎有些煩了，一頭鑽進鬱鬱蔥蔥的花壇裏。

我們大驚小怪的時候，幾個書院雇來的職員只淡淡地瞥一眼，便轉回去接著織毛衣、看電視或者盯著門外發呆。

　　這便是太子庵的日常生活，豔陽普照（我曾經看到一篇文章，記載蔣介石在天目山對部下說阿爾卑斯山的陽光世界第一，天目山的陽光第二，不知真假），萬物同輝，你會拋棄人本位的觀念，和一棵樹、一隻鳥一起歌唱生活。

　　三三兩兩散坐，海闊天空閒聊，想著《幽夢影》中「寵辱不驚，閑看庭前花開花落；去留無意，漫隨天外雲卷雲舒」的妙語，任由時光在窗外如水流逝，這是一種福分。

　　夜晚在不經意中悄然來臨，我站在窗前看著夜色一點點的濃郁起來，那一角院牆只辨得清大致的輪廓，思緒伴著孤獨一起到來，讓我跟這個古老庭院的氣韻漸漸融合。

　　這時候，秋蟲在夜色裏開始鳴叫，呼喚又一個黎明的到來。

古城十年潤書香

　　第一次踏進古城是在十四年前，我從鄉中考進了縣城的一所學校，15歲，在鄉下轉悠了15年，縣城對我充滿誘惑。

　　回想起來，那時的縣城不過彈丸之地，一條連接車站和縣府的天目路是最繁華的地方，攤位林立，雲集各色商賈，狹窄的街巷人頭攢動，好不熱鬧。另一條是衣錦老街，從東門頭到臨天橋一路蜿蜒出頗為熱鬧的市象。

　　商業街對一個那時的鄉下孩子來說是可望而不可及的，在幾個週末之後就有些興致闌珊了，倒是另兩處地方讓我興致頗長，引得我在週末沿苔溪大壩走四、五里路去光顧。

　　這兩處地方，一個是新劇院的大螢幕錄影廳，另一個便是縣圖書館。

　　在走進縣圖書館之前，我去過藏書最多的地方是於潛鎮的圖書館，讀初中時我父親在鎮上工作，在週末我便由父親「專車」接送，把時光貢獻給那個小小的圖書館。正是在那一間簡陋的閱讀室裏，我知道了課本以外的一些名字：雨果、拜倫、顧城……

　　縣圖書館在我眼裏簡直是知識的海洋，我是漂浮其上的一葉小舟，文學的海浪一陣陣的包圍著我，震撼著我的心靈：我讀到了《約翰‧克利斯朵夫》，讀到了卡夫卡的《變形記》，讀到了舒婷的詩。他們是來自外星的遙遠光芒，在剎那間照亮了我的靈魂，無法掩飾激動的我將身下的簡陋木椅弄得嘰嘎作響，引得旁人紛紛側目。

　　此後我就開始寫詩，把文學夢播種在一排排粗淺的文字間，並借自己是校報主編的「特權」，得以發表在校報上，在校內傳播。

　　這些早期的詩歌對我來說僅僅是投石問路，膽怯得連真名也不敢署，搞了個「如冰」做筆名。

　　然而結果比我預料的要好一些，詩歌見報後，不斷有同學來回饋讀後感，並向我詢問「如冰」是誰。這些都讓我暗自竊喜，也堅定了文學夢。

　　在縣圖書館，我還看到了縣文聯的《山風》，這本薄薄的刊物同樣讓我激動不已。從此我知道就在我生活的小城有那麼一群人執著地走在文學路上，他們的作品讓我敬佩的同時又感覺著親切。他們的光芒就在身邊溫暖著我的夢想。

　　這個挈機，讓我對小城作家的名字耳熟能詳，直到後來相識相知，成為其中的一員。

　　畢業以後，我開始為生活而奔波，也曾短暫的離開小城，去別的地方謀生。為柴米謀的繁雜日子讓我懷念在圖書館度過的時光，也許是距離產生美，回憶中的圖書館是精神的聖殿，那些簇擁在書架上的書籍矜持地散發著高貴的氣息，連窗外小庭院沐浴在陽光裏的花木也顯出和別處花園不同的味道。寂靜的閱覽室裏只有翻動書頁的聲音，所有閱讀者的靈魂都化做一隻飛翔的鳥，俯視不同的時空裏。

　　彈指十餘年，古城早已不再羞澀，出落得越來越大家閨秀，圖書館自然也隨之茁壯成長，成為小城美麗的精神後花園。不變的是圖書館的靜謐，在喧囂的街市裏煩躁了，稍走幾步，就可以在這裏讓靈魂作短暫的歇息。

　　小城的文學同樣也在成長，一本大型文學雜誌《浮玉》的橫
空出世為小城添了幾分大氣，當我忝列為其編輯的時候，我知道
是小城水土滋養了我的肉體，是圖書館滋潤了我的思想，對此，
我充滿感激。

行走筆記

走馬中原

1

這是初冬的一天，上午九點的陽光無遮無擋地照在一片廣袤的黃土原上，我想起來，這裏是咸陽，一個全是陽光的地方，風水寶地，一代代的帝王將千秋之夢駐紮於此，然後在一年年的焦慮或者安逸中，一個個王朝被風乾，他們的締造者在巨大的封土堆裏延續著自己的帝王遺夢。

去西安的路上，不時就看見王侯將相們巨大的陵墓，它們赫然屹立在八百里秦川上，保持著自己一世的尊崇，風讓它們的塵土在現世的時光裏飛揚，而當年這些帝王們叱吒風雲的時候，這片土地生意盎然，並不是如今這副乾燥發黃的面容。

2

曾經對西安有著近乎浪漫的想像，這個城市的人們是在延續千年的鐘聲裏醒來，然後開始現代的生活，而夜晚，1000年後的長安居民依然在雄偉的城牆之上把酒當歌，或者用秦腔在城市的上空喊出古老的韻味。

但西安已經成為一個面目模糊的城市，儘管無數的高樓被擋在倖存的城牆之外，儘管大雁塔依舊是老城的制高點，但長安的古韻已蕩然無存，一些歷史的殘片孤獨而清高地立在喧囂之中，

成為後來人隨意觀瞻的風景，那些偉大的創作者賦予它們的風景之外的意味，都已湮滅在這個時代的浮躁裏，比如大雁塔。

> 在中國／古老的都城／我像一個人那樣站立著／粗壯的肩膀，昂起的頭顱／面對無邊無際的金黃色土地／我被固定在這裏／山峰似的一動不動／墓碑似的一動不動／記錄下民族的痛苦和生命。

這是楊煉眼中的大雁塔，而這樣的悲劇色彩到了韓東眼裏有了另一種版本：

> 有很多人從遠方趕來／為了爬上去／做一次英雄／也有的還來做第二次／或者更多／那些不得意的人們／那些發福的人們／統統爬上去／做一做英雄／然後下來／走進這條大街／轉眼不見了

這是被玩具化的大雁塔，而這樣的荒誕說出了這個時代的傷口：

> 有關大雁塔／我們又能知道什麼／我們爬上去／看看四周的風景／然後再下來。

而今天，大雁塔不再被人親近，只是一個大雕塑，被廣場上的噴泉當作一個背景，人們對著舞蹈的水驚豔不已，卻很少有人面對大雁塔發出心靈深處的讚歎。

3

幸好有兵馬俑。

當我面對那輛千年前的馬車的時候，我被深深地震撼了，這是怎樣精美而又絕妙的藝術品啊？四匹駿馬似乎依然在奔跑著，揚起飛揚的塵土，玻璃罩裏封存著它們暢快的嘶叫，而傲視群雄的始皇帝在寬敞的車廂裏是在苦思冥想下一個宏大計畫還是在防備刺客的突然出現呢？

作為皇帝的專車，這輛馬車機關重重，一把傘蓋，既能隨著太陽的角度調節方向遮擋陽光，還能抵擋利箭，並且傘柄中暗藏著鋒利的茅。把武器做得如此含而不露，功能和美觀結合得天衣無縫。今天，我們卻總是快速而粗糙地完成一件件物品，藝術與功能被粗暴地分離，一個美學的荒誕時代。

兵馬俑，一個來自秦朝的儀仗隊，面對它們，誰都會屏聲靜氣。多少年前，一位姓楊的農民挖地時無意中與它們中的一位相遇，那來自千年前的栩栩如生的面容讓他驚魂，他不知道一個奇跡從此為人所知，他的人生因此而傳奇，今天，作為世界第七大奇跡的發現者，他受到眾多上流人士的尊崇，從此走向了自己的巔峰。

從老楊看到了第一個兵馬俑開始，這支儀仗隊的重現已經花了30年時間。30年，我們身處的國度煥然一新，而這支隊伍卻僅僅被復原了一個角落，讓我們不得不正視歷史的份量，我們對歷史藐視了幾十年，而歷史用一角隨葬品就讓我們幡然醒悟。

一座長城帶來的民工之苦就讓秦始皇在後世飽受詬病，但是，他發明的兵馬俑的殉葬方式改變了活人殉葬之習，又拯救了

多少條性命呢？在歷史面前，我們都是單純的孩子，只能聽著各類流言為他們畫像。秦始皇陵至今是個謎（僅僅兵馬俑我們就探索了幾十年，何況皇陵？），有人根據史書記載仿製了秦陵地宮，這樣拙劣的做法又怎能及得上秦陵萬分之一？可悲的是，我們不僅炮製著秦陵地宮這樣的劣品，還炮製著他們的故事，在這樣的以訛傳訛中，孩子們眼中的歷史變得更為面目全非。

就讓秦始皇陵留給後世吧，給後人一個機會，一個還歷史以清晰面目的機會，只有像兵馬俑這樣的歷史珍品才能還原歷史局部的真相。

4

文藝作品對一處名勝的影響，華山就是典型的例子，去華山的路上，「華山論劍」四個字總是躍出腦海，如游標廣告一樣強行蠻橫地出現。為這座山巒貼上了俠義的標籤，金庸的新歷史小說把真正的歷史打入了冷宮。

纜車讓華山不再那麼威嚴，但這座山冷峻的肌膚以及那些劍傷般的紋理讓我新生敬畏，無怪乎金大師將華山賦予劍氣的定位。一條消瘦的石階是往事最真實的注腳，古人對山的敬畏都是在越來越沉重的腳步中積累出來的，儒釋道也刻意選擇這樣的地方設立各自的傳教之所，不僅威嚴自在，更是用攀登的方式實現了對信眾的遴選。

從北峰頂望去，華山像是大地高處的幾根肋骨，顯示了大地道骨仙風的一面，它的冷峻讓我懷念起天目山的豐潤之相，在華山之巔的風聲裏，我偽裝不出俠客的樣子，不做俠客也罷，我寧願做天目山大樹懷裏一隻慵懶的麻雀。

5

　　我在一支箭裏進入中原，西北倒退著離開我，此去洛陽，一個花瓣上的城市，這個蕭瑟的冬天，它以怎樣的姿態迎接南方的目光？

　　儘管夜色為洛陽披上黑色的雨衣，我依然看見這個城市打開著，樓與樓之間保持著矜持，燈火並不輝煌。

　　與西安不同，洛陽的往事存放在江邊，存放在寧靜的石窟裏。江風很大，但我們都走得很安靜，無數雙佛的眼睛看著我們，讓我們無法保持一點傲氣，佛像們早已殘缺不全，但即便是一個粗線條的身軀也有著非凡的威嚴，牽引著你去揣摩那個時代的場景：那些像壁虎一樣附在山崖上的工匠是怎樣面對一個佛像的誕生？如果你仔細看去，會發現數量龐大的佛像群大小迥異、千姿百態，這定然不是按圖施工流水作業的產物，工匠們融入了自己的愛憎與審美，只有思想的傳遞才能讓這片岩石呈現如此神功之美。

　　龍門石窟的誕生源於當時朝廷對佛的尊崇，帝王在此雕佛供奉的愛好引得文武百官紛紛效仿以求歡心，官員的更替在這裏留下了明顯印記，比如那個僅現雛形的小石窟，應該是某個級別不高的官員突然被貶，而無法完成一次附庸的虔誠了。

　　在龍門石窟，歷史不再是被圍觀的風景，而是我們走進去，被歷史所審視，我們是一群莽莽撞撞闖進歷史舞臺的孩子，一場好戲因此戛然而止，那些叮噹的石的音樂，那些壁虎般的身影都凝固在這片山岩上，讓我們惶恐不安。

6

關於少林寺的印象，那部同名電影在我腦海裏頑固地佔據了20多年，直到不久前，被一位叫永信的和尚、他的武僧團以及春晚上的少林小子們徹底地顛覆了，我暗自擔心這個讓70年代男孩嚮往了20多年的地方被商業衝擊得七零八落，面目全非。

終於去了，車到登封一路上都是武校，武術儼然成為這個小城的最大產業，登封，成了時下中國最為陽剛的地方，不由得讓人精神一振，彷彿自己弱不禁風的身軀也開始英氣逼人，而少林，那個佛教臨濟宗的發源地是否也變得咄咄逼人了呢？

少林寺其實在一條平坦的山坳裏，沒有在山頂上樹立自己的威嚴，並不需要我們氣喘吁吁地站在它面前，一尊現代風格的武僧塑像是新少林的LOGO，讓我們知道這個曾衰敗的寺院今日煥然一新，再走幾步是一個氣勢恢宏的牌坊，似乎告訴我們少林寺厚重的歷史積澱，這兩處宣示可見少林寺年輕的現任住持釋永信的良苦用心。

釋永信再也不是傳統意義上只會念佛化緣的僧人，他大膽運用現代商業理念把少林寺的「武、禪、醫」作為產業經營，形成自己獨有的品牌，將一個空有盛名即將消逝的寺院經營得風生水起，名震全球。這樣的成功自然引來非議，一個和尚弄得比企業家還企業家，對得起佛教徒的身份嗎？

我在《我心中的少林》一書中找到了部分答案，釋永信的大膽創新正是為保存和發展歷任住持的基業，「自己都生存不了，還談什麼普濟眾生？」釋永信的這聲喟歎讓我想像他當年俠客般的一聲長嘯，披荊斬棘多年後，他終於可以拈花微笑了。

釋永信並沒有被少林的時下繁榮所迷惑，四處行走的他已經看到這個時代社會再強大的世俗事物都有可能一夜間灰飛煙滅，他不得不為少林而繼續在世俗社會中搏浪而行。作為一位佛教徒，這樣的認識讓他更理解內心的力量，從而靜心研習禪宗。

夜宿少林寺外，酒店停車場上滿是練武的武校的孩子，一招一式都很認真，看不出這個浮躁時代的痕跡，彷彿這裏依舊是在上個世紀，孩子們的認真讓我們都肅然起敬，只是默默地看著，不再喧嘩。

想起釋永信把「少林武術」的命名改為「少林功夫」，這真是一次絕妙的修改，不僅讓少林武術有了禪意，更是在「武術」氾濫成地方產業之前，完成了一次品牌的保護和蛻變。

7

對於生活在江南的人來說，黃河的形象就是壺口瀑布那奔湧的濁黃之水，事實上，黃河一出壺口，就走進了舒緩的樂章，河水看上去像是祖母羸弱的血管，在積滿沙丘的寬闊河道上只佔了窄窄的一條，從黃土高原日復一日席捲而來的黃沙填滿了這條中國的母親河，把它高抬起來，成為一條水的萬里長城。

我在桃花峪見證了這條母親河的宏偉與憂傷，船行駛在黃河河道上，沙丘兩邊夾峙，看上去只是故鄉一條普通的小河。我們登上了其中一個沙丘，那裏有一些馬供人體會策馬中原的豪氣，我們騎上去，在袖珍的古戰場上想像自己是一位勇士。

但一陣輕風就打敗了我們，它從沙丘的邊緣開始，突然揭起一塊沙的毯子，向我們席捲而來，一時間遮天蔽日，細若麵粉的

沙子悄無聲息地進了我們的口袋、脖子和我們驚訝中的嘴巴，一群意氣風發的騎士看上去狼狽不堪。

8

看似羸弱的黃河一旦洶湧起來，就是一場水的浩劫。這一點，開封是體會最深的，重建家園，對於千百年前的開封市民來說是司空見慣的行為，一場大水過後，他們從高處歸來，憑藉一枝樹梢，確定自己的家門所在，然後鄰里互助，開始挖掘家當，家家戶戶都會窖藏些白酒，在就餐時間裏席地而坐，菜是有限的，酒倒是管夠，主人只能勸酒來表達自己的慷慨，久而久之，勸酒之風就自然而成，並風行神州。

那些挖掘後的坑穴後來成為開封城裏眾多的湖泊，它們是古老開封的滄桑之眸，從歷史深處仰望著後世。我走在開封街巷上的時候，老開封在我腳下9米的地方，這樣的封存讓我永遠無法窺探它的悲傷。

在這樣的歷史背景下，一個清官的出現對於民眾的意義便非同尋常，包拯，這位安徽人主政開封僅僅一年多，卻讓開封人歌頌成救世之神。這其中，有包拯嫉惡如仇的性格本身原因，我想開封市民生活的「黃河之殤」也讓包大人生憐憫之心。

但包拯這樣的官員註定無法長期擔任要職，神話也只給了開封短暫的清明，包公祠只是個小小的庭院，庭院冷清的很，包拯的主題甚至連旅遊紀念品也沒有，我們用十分鐘就完成了對清廉的瞻仰，這是歷史之痛還是現世之憂？

　　不僅包公祠拘謹又局促，這座舊址上的老城依然保持了局促的格局，在高懸的黃河邊，開封心存餘悸。新城在幾十公里外，一個遠離黃河的新興城市，和別的城市一樣，單調而充滿夢想。

9

　　起風了／太陽的音樂／太陽的馬。

　　多年前讀到海子這句詩，我總是無從理解它深處的意蘊。中原之行讓我豁然開朗，這風該是西北風，是黃土高原上的風，只有這樣的風才能作為一場宏大的音樂，才能是來自太陽的音樂，而馬的意象，必然是黃沙的飛揚，只是它才能成為奔騰的巨馬，成為太陽的坐騎，從而抵達神州大地最深邃宏大的意象。

倘佯在廿八都的寂寞裏

1

　　記得中學時代的一個正月，應同學之邀，去他的家鄉一個叫馬頭山的地方，車子在山中轉悠了三個小時，到了一個極小的村莊，停了，我忙著準備下車，同學說，才開始爬山呢，車子在加水。

　　果然，十分鐘後車子開始在盤山道上行，轟鳴著，像頭負重的老牛。同學興奮地給我指點景色，我卻看著懸崖下微如煙盒的房舍心驚膽戰。

　　終於，車子登上了山頂，剛歡跑了兩下就到了終點，那是山林中一個安靜得可以聽見心跳的村莊，「雞鳴則空穀回音，良久不散」，讓我剎那間激動起來。在這般桃源的村子裏，人們都操一口難懂的方言，讓我如處異鄉，同學告訴我他們說的是江山話，因為他們祖上都是江山遷到杭州。

　　江山，是個怎樣神秘的所在？

2

　　若干年後，偶然在一本畫冊上看見一個叫廿八都的小鎮，許多雕樑畫棟的老宅撐出小鎮的富華，富華之間的巷子裏卻只有幾個風燭老人，在光亮的鵝卵石路面上踏出繁華落盡的憂鬱，無數的飛簷像展翅的大鳥，打落一地的陽光。

廿八都就在江山，在浙閩交界的莽莽大山裏。

3

終於在一個炎熱的秋天去江山，以專業策劃人的身份去參加一場研討會，在內心深處卻依然是懷著少年時的好奇，去打量一處神往的風景。

這是座純美的小城，在莽莽大山的臂圍裏，在滔滔須江的滋潤下，安詳而嫻靜。我在江岸邊漫步，看著空曠的須江江面上閃著潔淨的波光，當河流在多數的城市甚至在小城市已淪落為地圖上的符號時，須江的美麗和清純足以讓人嚮往。江堤的斜面上一些學生在閒聊，退休的老人貼著江面守著一組釣杆。這樣的場景都因為河流的美麗鮮活而衍生。

在江堤上發現一些青石板，刻著一些景點，大概是十景之類的，都配有詩，詩不是印刷體，好像是匠人隨意之作，反倒頗有幾分率真的情趣，而臨江建築工地的圍牆上更是繪滿了黑格爾等人的格言，這類文化元素，顯出了小城與眾不同的文化性格。

江邊不遠，有個集市，很粗獷地展示著市井的喧鬧，信步過去，一路上擺滿的瓜果蔬菜都水靈清秀，似乎都剛剛從夢中蘇醒。

路上的人們都步履悠閒，在這樣的小城交通圈裏，尚不需要推廣以轎車代步，記得小時候聽過一個故事：一個矮子到戲院裏看戲，矮子看不到，就站起來看，因為擋住了後面人的視線，後面的人也站起來，結果大家都站起來了，矮子還是看不到臺上的戲。杭州就是陷入了這樣的尷尬，人人買車，交通越發擁擠，高峰時，連高架都成了偌大的停車場。

　　不贊同以車代步還有生態城市建設的原因。當幾乎所有的城市都發出建設生態城市的口號時，事實上大部分已喪失了建設的基礎，河水溷濁，交通擁擠，高樓林立，鳥類都遠遁他鄉，公園裏只有寵物狗在撒野。

　　而江山，依然有魚兒在城市的血液裏遊弋，鳥兒在公園的樹梢裏鳴叫，不能再有更多的引擎聲騷擾它們，更多的尾氣驅逐它們了，森林在郊外，讓綠色向城市蔓延，更要讓小動物在城市裏逗留，成為它們留戀的樂園。真正的生態不是綠化，不是花草的品種繁多，而是生命種群的聚會。

　　和松鼠一起過馬路，和麻雀一起曬太陽，也許是最有誘惑力的廣告語。

4

　　在半日的空閒裏去廿八都，車往福建方向駛去，一路上車輛稀少，我漸漸感覺到了小鎮的落寞。

> 　　廿八都，位於江山城南65公里，地處仙霞山脈深處，與福建浦城縣相鄰，是浙西的南大門。仙霞古道從鎮中穿過，地理位置十分險要。四方關隘拱列，東有安民關、南有楓嶺關、西有六石關、北有仙霞關。歷來防衛嚴密，易守難攻。
>
> ——《古道滄桑兩千年》

　　以上這段文字裏提到了仙霞古道，廿八都這座小鎮與這條古道唇齒相依，興衰與共。

　　仙霞古道，又稱江浦驛道，浙閩官道。是京（城）福（州）驛道的「七寸」之處，歷來為兵家必爭之地。至清代，朝廷在江山縣城設守城營，在廿八都設三品武官衙門——浙閩楓嶺營，營下設兵汛，汛下設塘，「每塘有守兵6名，烽火臺1所」，沿途另有為軍事服務的巡檢司、驛站、急遞鋪等，為「步步為營」的成語作了形象的注解。

　　唐代中期之後，國力漸衰，吐蕃日漸崛起，襲擊商隊情況愈演愈烈，河西走廊被阻斷，絲綢之路因此衰落。以揚州、明州（寧波）、福州、廣州為中轉點的「海上絲綢之路」應運而生。京福驛道同時變得重要和繁華起來。浙、皖、贛等地盛產的絲綢、瓷器、茶葉等物資在無數「扁擔幫」的匆匆步伐裏，穿過仙霞古道的崇山峻嶺，抵達福州等港口，遠赴孟加拉灣、阿拉伯海、地中海……

　　有駐軍和過客，小鎮廿八都的商業變得極為繁榮，來自四面八方的人們帶來了各地的小吃、民俗和方言，小鎮就有了豐富的市井氣氛；做生意賺了錢的商人開始買地，按各自家鄉的風格建房，一寄鄉思，小鎮就有了豐富的「表情」。

　　到達廿八都的時候已近黃昏，小鎮的喧嘩早已消散殆盡，如沈默的老者佇立在難舍的鄉土上。在我的緘默裏，忽然就下起了雨，小鎮在迷朦的雨霧裏有了憂鬱的色彩，為我們導遊的女孩撑起了傘，恍然就有了丁香花的意味。

　　小鎮依然美麗。穿梭在逼仄而幽深的巷子裏，路過一扇扇深宅大院的門，不經意就會迷失心靈的座標。街巷空寂，鮮有人跡。偶爾有蹣跚的老人過來，看見我們的張望，停一下步子，淡淡地望一眼，又蹣跚著走了。

大多數宅院都空著，成為歷史遺落在路上的空袋子，讓我們成為不諳世事的孩子，一路尋去，時不時打開空袋子，好奇地張望，故人在裏面裝過什麼？又帶走了什麼？

歷史在這些舊宅上留下了層層的印記，許多精美的「牛腿」被抹上石灰以「遮醜」；匾額被摘下，寫上「人民公社食堂」的大字；曾經紋飾精細的照壁成為「曬詩台」，寫滿字跡歪斜的「革命詩」，還有極為藝術誇張的宣傳畫，依然清晰可辨⋯⋯

小鎮是落寞的。那麼多的宅院垂垂老矣，曾經棲身其間的人們早已自力更生，擇別處造起了小洋樓。讓宅院如遲暮的美人暗自神殤。城市文明與小鎮的喧嘩一起落幕，鄉民又成為居住的主流，小鎮只剩下雞鳴狗吠的「背景音樂」，動物的氣息在巷子裏彌漫。「小洋樓」也變得蒼老了，夾雜在雕樑畫棟的老宅裏越發顯得不倫不類，小鎮無奈地沉浸在對往事的追憶裏⋯⋯

5

時下人們注視歷史遺存的目光充滿敬仰，我為廿八都的尷尬而憂慮。

同樣是古鎮，周莊、同里、烏鎮等江南六鎮一番梳妝打扮，憑藉便捷的交通，輕鬆地迎來紛遝的遊人；西遞、宏村等皖南古村因了原汁原味的風貌，讓人不遠千里踏夢而來。

廿八都，眼看著老兄弟們一個個煥發神采，重振雄風，該是怎樣的心情？

6

江山的美麗近幾年漸漸揭開神秘的面紗，江郎山頂三塊沖天而立的巨石深深留在遊客的記憶裏。中國第一秘宅——戴笠故居也吸引了許多獵奇的目光。但廿八都，你何時去蕪存菁，重新點亮你的美麗？

在我暗自歎息的時候，一首嘹亮的山歌在耳邊響起，短短的起音，很快就激昂起來，讓人心弦為之一顫。

這是江山兒女對世界發出的急切召喚嗎？

山歌的歌名叫〈謎一樣的廿八都〉，據說是一位當副市長的女作家寫的。

不是在沈默中爆發，就是在沈默中死亡。有了這個聲音，廿八都，定會早日迎來世人的驚歎。

在殷商至晚清的往事裏行走

跨曆商周看盛衰，
欲將齒髮鬥蛇龜。
空餐雲母連山盡，
不見蟠桃著子時。

——宋・蘇軾〈彭祖廟〉

當我們追溯歷史往事的時候，目光往往被大詩人們的詩句牽引。西湖、寒山寺、秦淮河……，那些粉牆黛瓦、波光燈影在反覆吟詠中讓我們魂牽夢縈。多年以前，因為東坡先生的幾句詩，彭祖，一位和呂洞賓一樣虛幻，和恐龍一樣遙遠的人物在我的腦海中有了依稀的輪廓，仙風道骨的身影飄蕩在我的意識深處。

也是在多年以前，因為青山湖水位暴漲淹沒了牧家橋，去杭州改走一條崎嶇的鄉間道路，顛簸中一路看城郊陌生的風景，忽然就在一口池塘邊看見兩座殘缺的石馬，讓我驚詫不已。這平平常常的鄉間怎麼突然冒出久遠的遺物？問身邊的朋友，他說這地方叫八百里，原先有彭祖廟，這破石馬就是那裏的遺物。

彭祖廟！我猛然想起蘇東坡的詩來，原來彭祖廟就在這兒，那個和神話一樣久遠的人物就曾生活在這片平凡的山水間。

急忙探出窗外去，兩座石馬已消失在綠樹蔥郁的山巒間。

歷史如白馬過隙。

再去八百里是在一個煙雨朦朧的秋日，天色陰霾，氣溫微涼，彷彿舊照片裏的感覺。暗想在這樣的氛圍裏探訪傳說是天遂我願。

在曾經的路上車已不再起伏如舟。七拐八拐，少頃，便在一座古樸恢弘的樓閣前停住。這是晚清的湖州府衙，作為權威的象徵，在一方土地上巍然而立。它俯視著芸芸眾生的市井生活，時兒介入其間，消解或擴大，讓一些民間生活躋身於歷史的書頁。而市民百姓也同樣關注著它，這一方小世界裏的生活讓人猜測不盡、想像不已，天長日久，便有膽大之徒杜撰出黑魚怪的傳奇故事，為這幢威嚴的建築添一抹神秘色彩。

離奇的故事自不必信，站在大堂的屏風前，看著一側的木樓梯曲折而上，聽著木質樓板吱嘎作響，久遠的生活氣息便縈繞左右，讓你禁不住作一番跨越時空的遐想。

屏風的後面應該是精緻的庭院吧。推開木欄過去，呈現眼前的卻是山間的長長甬道，一座青石牌坊跨立其上。恍然明白今天的行走要穿越漫長的歷史，不宜在清末做過多的停留。那麼走吧，從晚清出發，懷一份虔誠，向殷商來一回時空的跋涉。

走過彭祖坊，沿山邊的石徑行去，石徑不見盡頭，彷彿真的伸向歷史深處。耳邊很靜，連鳥啼蟲鳴也沒有，視野裏只有山巒、綠枝以及零星的落葉。這是曠古的原生世界嗎？

忽然就有了一座古宅，孤零零地呆在小山墺裏，相伴的唯有鬱鬱蔥蔥的竹林。宅前高挑著一隻葫蘆，似乎在喻示什麼。走近前去，原來是藥神廟，那葫蘆就是懸壺濟世的標誌。

小廟裏空寂無人，只有一尊塑像緘默而立，我的目光落在他的雙眸，他的目光定格在天際間，這一短短的鏈結使我想及歷史

的脈絡。一個人、一座小廟微不足道，但在綿長的歷史中延伸成人類不可或缺的成分，便足以讓人景仰。

正是這些涓涓細流，匯成歷史長河，它們在我回溯往事的一路上淺吟低唱。

藥街的出現讓我的視野豁然一亮：鱗次櫛比的馬頭牆、曲折伸展的石板巷，街後有湖，沿湖有廊橋，這分明是婉約的江南水鄉小鎮，怎會在這方聖地驚現？

提起江南水鄉，周莊、烏鎮、同里等名稱就自然出現，當我們的目光聚焦於這些名聞遐邇的地方時，星散在他處的江南古宅漸受冷落。藥街，卻將散落於江南四省的「遺老」們匯聚一處，讓江南古建築的各路精華在新江南小鎮煥發神采。

福建邵武的尚書樓、安徽歙縣的洪樓、浙江臨安的盧山戲臺、浙江余杭的百花樓……彷彿梅開二度的老人，在這方山水間又煥發生機。曾經為它們雕樑畫棟的能工巧匠，曾經把它們當精神寄託的主人們都已隨風而逝。但一塊牌匾、一角牛腿都在透露他們各自的情趣，各自的生活，它們是沈默的長者，只用目光讓你神會，讓你洞悉世事春秋。

大部分的古宅都空著，街巷很靜，彷彿前人遺落的空袋子。讓你忍不住打開看看，再對消失的內容百般猜測。踏在石板路上總有些異樣，感覺自己是冒失闖入陌生人家的不速之客。

幸好有戲臺的喧鬧聲及時傳來，獲救般的急急奔去。

跨一道門檻，就是另一番景象，三五張八仙桌前坐滿了人，都磕著瓜子、扭著腦袋在悠閒地看戲。戲臺隔著湖水，水面在鑼鼓二胡的韻律中一漾一漾，頗有些紹興社戲的味道。

喝幾口香茶，在越劇的吳儂軟語中環顧四周：左邊一桌是麻將，牌起牌落，不急不躁；其餘幾桌都是看戲的閑客，神情悠然，似聽似憩；茶館的小妹拎一把水壺穿梭著嫻熟地添水。感覺置身於明清時期的茶館，一下子就被這氛圍感染，懶懶地不肯起身。

良久，才拔出腿來，戀戀地跨出戲院，繼續前行。小街盡頭是一座古村落，有彭祖祠等，在香煙嫋嫋中寂靜著，保持著歷盡滄桑的矜持。草草看了，一邊作些能在這兒住上幾天當一回清朝人多好的胡想，一邊往彭祖墓走去。

去彭祖墓的路旁再無屋舍，只有佇立千年的樹木。拐入一條小道，兩旁多了叢生的雜草，似乎有些荒涼。不禁就有了回歸的感覺。一離開明清的喧鬧，就步入殷商的遠古洪荒，這是拜謁遠祖前必經的「時差」嗎？抑或是光臨聖地前的對凡夫俗子的洗禮？

終於走進了墓道，兩旁的石人石馬簇擁出神秘與威嚴，當然，不再是我多年前瞥見的殘缺模樣，而是又一次修茸一新。除了墓碑與神台，別無他物。也許，我們真不必渴求太多，滄海桑田，400年前的遺物寥寥無幾，更何況4000年的時空跨度。

彭祖墓周圍密密麻麻生長著水杉。它們穿越了歷史，是先祖最好的遺物。不必用太多的形式對先祖頂禮膜拜，閒暇時，來一趟八百里養生園，作一次回溯歷史之行，看看彭祖曾生活過的地方，便已足夠。

菊樣的烏鎮

嚮往烏鎮，是因為茅盾。

去烏鎮純屬心血來潮之舉，那幾天家中裝修工程正酣，置身於裝潢材料堆中頗覺鬱悶。在買材料的途中瞥見旅行社門前豎著「烏鎮一日遊」的牌子，忍不住就駐足細看，看得心弦大動，腳底發癢。

於是就跟著一個老年團去了，旅遊車廂的白髮海洋裏飄浮著一個黑黑的腦袋，感覺自己像個離家出走的頑童。

窗外天色陰霾，彷彿是陳舊照片的底色，一路上，思緒在茅盾筆下世界裏遊走。

烏鎮並不遠，只兩個多小時車程，就到了白菊花簇擁的烏鎮。站在粉牆墨瓦的門樓前，腦海中浮起林家鋪子的木門木窗。我像個激動地孩子，急於走進歷史的風塵中，那些白髮蒼蒼的老人也都目光親切、步履輕快起來。

曲折的回廊彷彿時光隧道，一頭鑽進去，便忘卻身在何時——拱橋飛簷。雕樑畫棟，運河水在粉牆上閃著波光，河面上微風拂面，像老外婆的親昵撫摩。

連擦肩而過的遊客多數是白髮長者。

就在心底將自己還原成不諳世事的孩童，手撫木板壁沿牆腳一路走去。沿途住著一些人家，主人們都顧自幹著活計，有個九旬老太端坐在籐椅上整理針線簍。屋內昏暗，老人竟能熟練如常。老人早已習慣了我們這些異鄉人的好奇目光，依舊安詳而

坐，任憑人生時光如身後窗下的運河水般靜靜流淌。

忽然就喧嘩起來，原來是到了一個展廳。走進去，竟是一個老式木床的世界。遊人如織，魚貫而行，一次次打破古人的夢境。年長的遊客都興奮起來，指指點點，高聲爭論，全然不聽講解員的介紹。

我擠出人群，獨自到無人的小庭院裏去走走，這座宅院實在不小，一進又一進，展開層層疊疊的風景，想來原本的主人該也是大賈之流，像明初周莊那個江南首富沈萬山一樣憑藉運河做著五洲四海的生意，而後回到小鎮，在月色中走進小庭院，抬頭看看古槐、看看明月，對前景作一番理性地思索。

再激越的心態在小鎮的氛圍裏也會變得平和，這裏是最寧靜的人生港灣。因為運河，烏鎮人的日子過得也算滋潤。行不遠，就有染坊和酒坊，布是素雅的藍花土布，怎麼也不會過時；酒是醇香的三白酒，已穿越了百年的時光。在這片嫵媚與豪情的包圍中不禁就如飲甘醇，神思恍惚。

比酒香更讓烏鎮人揚眉吐氣的是那濃濃地書香。

立志書院是茅盾早年讀書的地方，緊鄰茅盾故居，現在辟為展館，陳列著茅盾一生中的照片和著作，遊人們都不再喧嘩，斂聲靜息，移步過去，靜靜品讀。

待大批人馬散去，我駐立良久，面前是茅盾的《之夜》手跡，淡淡的墨蹟牽出綿長的心靈軌跡，我彷彿看見瘦長清瘦的茅盾從遠處走來，又漸漸遠去，隱沒在發黃的書頁裏。

隨甬道轉到茅盾故居，正是就餐時間，偌大的宅院裏空無一人，我在迷宮似的書房、客廳間穿梭，轉來轉去，一時間竟迷失了方向，差點走不出小鎮二十世紀初的秋天。

　　在臨河的一家羊肉館裏，匆匆吃了碗羊肉面，便趕去皮影館。

　　皮影戲尚未開場，我與一對情侶一起坐在黑暗裏等待。坐的是骨排凳，與兒時的露天電影一樣排開。在黑暗中，面對眼前那塊幕布，不禁想起《大明宮詞》裏那寂寞的皮影戲，感覺那個孤獨的皇帝正坐在白布後面黯自神傷。

　　燈亮了，佈景後傳來幽幽地鼓樂聲，兩個蒼老的聲音在說著對白，語氣含混，不明其意，但我卻無端地有些感動。

　　不覺中已座無虛席。看上去人人都壓抑著興奮，「只在電視上看過」不知誰說了一句。話音剛落，孫悟空和牛魔王就跳出來大戰，眾人歡聲大笑起來。那孫猴子就越發打得起勁。

　　有個老頭看得童心大發，跑到幕後去看，回來卻不聲不響，很神秘的樣子。惹得其他人都坐不住，紛紛起身去看，一時間秩序大亂，煞是有趣。

　　散場了，出門看著廣場上熙熙攘攘的人群，恍若隔世。遠處有面小旗在向我召喚。烏鎮，我只能是你小小的過客，如同對往事的匆匆一瞥。不是嗎，連鄉間的老家都成了我人生中偶爾的驛站。

　　但烏鎮，菊樣素雅的烏鎮，你會永遠芬芳在我2001年的記憶裏。

梅城古韻

　　想像中的梅城是個很詩意的所在，花季裏用不著踏雪尋梅，隨便揀個窗口望去，便有寒梅圖入目來，「疏影橫斜水清淺，暗香浮動月黃昏」，小城的人生活在林和靖的詩境中。

　　步子真實地踏在梅城街頭的時候，卻覓不見梅樹，駐守兩旁的是很普通的梧桐，令我黯自失落。

　　腳下的這條街是古嚴州城裏最熱鬧、也是如今最熱鬧的街道，臨街不見高樓，都是老房子，樓上做臥室，老式木窗添一道新漆，底層則被牆紙包裝成很現代的店鋪，老屋新妝，少了些古樸。街面狹窄，恰逢放學，一群群少年接踵而過，鋪了一街的喧嘩。

　　老街兩端各樹一座石牌坊。一端是「思范」牌坊，紀念范仲淹知睦州府。上刻范氏名言：先憂後樂。另一端是「建德侯」牌坊，為三國時吳王孫權封梅城人孫韶為建德侯而立。稱孫韶「善用兵，有將才」、「魏黃初元年升遷揚威將軍，封建德侯」。

　　一文一武兩座牌坊恪守著世紀末的歷史餘韻。輕撫千年石柱，耳畔的嘈雜漸漸淡去，令人暗生思古之幽情。

　　街不長，很快走到頭，迎來一座古城門。那古老的城牆和新修的城樓讓人精神一振。看罷刻在城牆上的介紹，方知梅城城名的由來是因為古時城牆恰似半朵梅花，而非我那浪漫的聯想。

　　拾階步上城牆，眼前豁然開朗，這裏就是著名的三江口——錢塘江、浦陽江、富春江交匯之處。小小的梅城有了它變得大氣，變得靈動。極目所至，南北雙塔彷彿兩個忠實衛士，江面上

船隻穿梭，星星點點的燈光點綴著江上的風景，可惜天公不作美，暮靄沉沉楚天闊，未能領略「野曠天低樹，江清月近人」的意境。

回首城樓，柱上一副篆書楹聯筆力遒勁，頗有金石功底。猛然想起梅城有一位著名的畫家、收藏家壽崇德先生。他的畫作早在五十年代的第三屆全國美展上就獲獎，卓有聲譽。字畫收藏曾被譽為「江南第一家」，在全國也極有影響。

我忙向友人打聽，卻說壽老已遷去他處，心中甚是遺憾。

故人離去，梅城為之空曠。

幽林古剎西徑山

　　西山許邁隱垂溜，決勝東山謝傅遊。

　　清朝臨安進士駱鍾麟的這句詩提到晉時兩位隱居在臨安的人物，一個是許邁，傳說他在（九仙山）練成仙丹後駕天鹿飄然而去。另一個便是謝安，他在東山隱居多年後毅然復出，成為彪炳史冊的人物。

　　歷史往事已久遠。許邁，這個頗具浪漫主義色彩的人物隨著那個美麗的傳說已在人們的記憶中漸漸消散，而謝安卻因「東山再起」的典故讓後人反覆回味。

　　去西徑山的初衷便是追尋這一歷史的餘韻，臨行時並沒有想它能有多少醉人的景致。那日依然下著綿綿的細雨，連日不開的天氣讓西徑山籠罩在濃濃的霧障中，遠遠望去忽隱忽現，撲朔迷離，彷彿是歷史在歸途上設立的迷陣，讓踏夢而來的人們多幾分神秘和虔誠。

　　江南纏綿柔潤的雨絲牽引著我一步步貼近過去，不多時，一條百米飛瀑便突破這份神密，赫然呈現，銀霧騰空，如雷轟響，瀉玉岩瀑宛若一條聖潔的哈達，讓這個隱世已久的所在在遊人面前變得真實和親切，又彷彿是一位清純女子的長袖飛舞，巧目流盼，令人怦然心動。

　　西徑山，給了我一份驚喜。

　　過溪山第一角樓，瀉玉岩瀑便成了頭頂的風景。迎面的琴湖波瀾不驚，靜若處子，曾經所有的激越在這裏化作沉穩與大度。繞湖畔行去，心境隨之平靜了許多。

　　瀉玉岩很快兀立在眼前，石階依勢而建，拾階而上至飛瀑亭小憩，一旁的飛瀑早已失卻了遠眺中的柔情，成了豪氣沖天的漢子，竭力展示他的陽剛，而山下的琴湖卻越發顯出嫻靜的氣質，讓人不禁想起遠古的愛情故事。

　　飛瀑亭之上是一段極為陡峭的百步雲梯，讓這座原本平緩的山巒生出些險峻的氣勢。扶欄而上，抬眼看上面人的鞋跟在眼前起落，回頭望只見黑色頭顱的晃動，心中不禁有些惴惴不安，忙一鼓作氣攀上，過伏虎岩旁一段危崖夾峙的小徑，在龍潭旁稍作喘息。

　　龍潭傳說是斷尾黑龍祭祖的地方，清明節前後風雨交加的日子，山民都會燃香避邪，而大旱無雨的時候，山民又會至此祈雨。

　　龍潭的水面上長著許多高低錯落的灌木，顯得有些詭秘，在古老傳說肅殺氛圍的烘托下，感覺這潭中似乎果真藏著什麼靈物，一種別樣的情緒在心底慢慢滋長。

　　到了碧雲潭，這種情緒便會消散貽盡，沒有人不為它的清綠發出驚歎。在這個安靜的山灣中悄然存在，它本是清澈見底的，但那層層疊疊的綠色植物在水中的倒影，使它成為一塊美倫美奐的綠寶石鑲嵌在這方寧靜的天地裏。在這裏，能真切地體會到「抱琴送鶴去，枕石望月歸」的意境。

　　碧雲潭過去有一段長長的聽泉小道，一頭紮進去就是一個清涼幽靜的世界，雨絲好像在另外一個互不相干的空間裏飄著，陽

光再燦爛的日子，在這個抬首不見天日的林蔭裏也不會感受到陽光的熱情。石階苔蘚密佈，蕨類遍長，書寫著它的古樸和頑強；兩旁古木參天，藤蔓瘋長，一層層鋪展開去，展示它的厚重與成熟。

清泉像一群不諳世事、天真爛漫的孩童，在這副靜態的圖畫中不息的竄動，流出空靈的氣韻。而森冷無情的山石在這裏也生出幾分頑皮，不時惡作劇的橫陳道上，讓你慌忙止步繞行。隨著一路水聲停停走走，聽無拘的泉吟，看無束的綠色，想像著花開時節滿山的杜鵑燃燒出生命的燦爛，追憶著孩童時代在山野瘋玩的快樂，心境如洗般清明。

天下名山僧占多。這般幽勝的山林自然少不了僧人們的足跡，聽泉小道的盡頭便是躲在山間盆地裏雙林古寺，群峰拱衛，古木垂蔭，獨享大自然的恩寵。但這份恩寵並沒能讓雙林寺在歷史變遷中逃過人為的劫難。曾經恢宏氣勢的古剎如今僅存一座小小的觀音殿。殘基斷階上荒草萋萋，隨風搖曳，彷彿在訴說著滄桑的往事。而兩對肅立千年的唐代古獅依然遙望蒼穹，緘默無語。

留一份歷史的足跡也好，讓後來者留下歎息與深思，我們期盼著深思後的覺醒。

古剎無存，但那幾株古楓香依然生氣勃勃，浣雲池的一泓春水依然澈亮如初，恍然悟歎這水果真是西徑山的靈魂啊！在這份歷史的沉重中出發，時而奔放，時而秀雅，時而刁頑又時而嫻靜，在瀉玉岩奏響高亢激越的強音，又戛然而至於琴湖的端莊大度中。

此曲絕美，誰作附和？

湖山一覽亭是西徑山的制高點。站於亭中，看群峰飛翔於足下，眼前豁然開朗，胸中豪氣頓生。

　　亭下最近的那座山峰就是東山，謝安隱居的安石山房只在綠蔭中露出一角飛簷，倒是後人建的懷謝亭風風光光的立著，頗有些喧賓奪主的味道。古來隱者眾，但謝安的隱居似乎沒能超凡脫俗，反倒更像是尋一個清靜之地對人生與世態做一番冷靜的分析。他最終沒有將滿腹的才智化作山林間的嫋嫋炊煙，而是在短暫的靜音之後，復山指揮了著名的「淝水之戰」，奏響了生命的強音。

　　「東山再起」的刻石就在懷謝亭旁，紅色大字十分醒目，讓許多在挫折中徘徊的觀者為之一振。下山的路也是一條長長的林蔭古道，名曰「佛心之路」，眾多的古樹營造了森然的氣氛，讓人油然而生敬意，昔日的朝聖者從此上山走向古老的殿堂，而我們卻是從歷史一步步走回現實。「人面不知何處去，桃花依然笑春風」，道旁的山花在腳步聲中顧自開開落落。

　　據說古道旁要樹碑林，鐫上歷代詩詞。這個主意委實不錯，讓來來往往的遊人們在詩人的思想光芒中更深地感悟人生風景的美好。

煙花三月揚州行

煙花三月下揚州，十里畫圖瘦西湖。

去揚州正好是陽春三月，只是身居南方，沒能從那條蕩漾著唐詩宋詞的京杭大運河泛舟而下，而是乘車在滿目茶綠中北上揚州。跨越長江時，在瓜洲古渡坐了幾分鐘的渡船，面對波光粼粼的江水想了想杜十娘，才算與詩境有了點聯繫。

揚州的歷史與水息息相關，京杭大運河與長江一握手，讓小小的揚州占盡了天時地利，坐擁了千年繁華。

有了兩條江河的滋養，揚州本該是屬於江南的。楊柳的婀娜、瘦西湖的婉約以及軟軟的揚州小調使城市的性情變得無比嫵媚。

然而，長江輕輕一拐，就把揚州撇到了江北。

揚州卻好像很不情願與粗獷的形象為伍，一心一意要接軌江南，要把嫵媚進行到底。於是在現在的揚州城裏，你也看不到多少高樓大廈。那些歷經風雨的亭閣依然精神抖擻地立在鬧市中。

在江南的許多城市開始拋卻秀氣的時候，對於揚州人的這份矜持，我有些驚訝。

再去看看瘦西湖。

瘦西湖其實原本只是一條普普通通的護城河，被善於經營的揚州人兩頭一截，就成了風情萬種的園林，步移景換的花園。如果說西湖天生就是一個大家閨秀（儘管它也是人工湖），那麼瘦西湖就是從村婦嬗變的小家碧玉。

　　柳回青眼，桃報春靨，正是陽春好時節，走進瘦西湖，春風拂過，湖上柳絲婀娜起舞，似青煙，如綠霧，舒卷飄忽，一路延伸過去，不時觸摸你的身軀，嫵媚之極，這樣的柔、秀之美，讓您柔情頓生，而櫻花、海棠、瓊花、芍藥等濃春花放、噴霞散彩的風光，更讓您感到春從所有的地方都冒了出來，滲透到您的肺腑之中。

　　腳步自然就慢了，也會隨意而坐，聽一聽比越劇還要舒緩的揚劇，聽著它從水上飄過，漸漸遠去，彷彿遁入歷史的塵煙中。

　　瘦西湖的文化沉積無法和西湖媲美，但在這裏，你會時不時的被一些景物打動。小金山的兩株古銀杏翻飛過乾隆的龍袍；五亭橋的奇巧創意讓茅以升歎為觀止……

　　那麼多的故事在這條窄窄的河邊成為風景，加上瘦西湖的一個「瘦」字讓它在「天下西湖三十六」中脫穎而出。揚州的經濟一直都不錯，揚州人的日子就過得悠哉遊哉。

　　揚州的生活節奏至今仍不緊不慢，不會像現在的南方城市那樣風風火火。澡堂（如今叫浴場）在街頭巷尾遍地開花，洗洗澡，聽聽戲。「腰纏十萬貫，騎鶴下揚州」，繁華過後，這個城市還是居住的天堂嗎？

　　「唐宋元明清，從古看到今」，離現代不遠，離歷史也很近，揚州有著自己的生活時光。

上京城

1

在首都機場落地的時候，京城的天空中細雨綿綿，氣溫只有21度，相比前幾日京城的高溫，真是幸運。

午飯是在一個老胡同裏吃的，一個小小的四合院，掛了些字畫和相片，讓人知道這個看似陳舊普通的院子是有些來頭的，真是京城人的秉性。說實在，這個四合院飯館是有些老北京的味道，讓我們嗅到了皇城根下的味道，這股味道一直飄揚在影視劇裏，在京城新樓林立的地方早已經消散。

二環以內是老城，原本的城牆以內範圍，從前是住八旗子弟的，老底子的格局還有些影子，樓都不高，天空敞開，走幾步就能看到一處有年頭的建築，這樣的場景恍然是衢州的影子。不同的是，這些古舊的院落來頭很大，剛剛是某個親王的府邸，一眨眼就是新政的部委，在這樣的底氣面前，高樓並不見得氣派，反倒是這些斑駁的院落沉穩地顯出氣勢來。

住宿的地方就在同仁堂後面，從視窗就可以望見同仁堂古老的全景，這般有名的老字號在京城就顯得一般，很低調的樣子，沒有想像中倚老持重的模樣。

稍空閒時逛了逛街巷，慢慢看出京城繁華背後的凌亂，許多沿街的老房子已經舊得不成樣子，粉飾的工作做得很粗糙，時不時就露出原先的寒酸來。那些電線什麼也裸露在頭頂，密密麻麻

地懸在底部，如同西裝的裏面是一件劣質的襯衣，不當心就露出一隻衣角。這樣走在京城的肌理上，就看出貴為京城的北平肌膚終究不及省城來得細膩。

幸好京城的綠化搞得像樣，公園遍地都是，在一個黃昏就看出北京人的悠閒，當然，能這般悠閒的基本都是土生土長的京城人，外來闖蕩的，大多還在為一張北京戶口艱苦奮鬥著。

這樣的世面看著就覺出小城市的好處來，如果一覺醒來遇上沙塵，大概更為江南的韻味而歡喜。

2

在京城二環以內街兩邊基本上都是高牆大院，有些掛了牌子，你會知道那是文物研究所、市府之類，有些沒掛牌子，且大門緊閉，讓人很是好奇，另一類是大使館，我路過的俄羅斯大使館看上去毫無動靜，更是顯得神秘。

很榮幸走進了某一個四合院，據說原先是康有為女婿家的，四合院不大，擱到清末民初，也就是個一般人家的家當，但如今卻珍貴得不得了。我們走進去的時候，它已經是一個高檔俱樂部。

連著幾天陰雨讓京城的天氣恍如江南，成片成片的綠蔭也讓人心情舒暢，胡亂去一些老胡同轉，明顯看出住戶的寒酸來，不過他們過得倒是悠閒，也許是在高不可及的房價面前反倒讓人心境平和。

的確，很多想像中的場所實地見過，也真破了形象，就像在臨安也看不到的雜亂電線破壞了風景，這是一種包容還是燈下黑？在我的眼前，國家的臉面和草民的卑微在京城同時呈現，畢竟草民還是京城的基石，畢竟臉面也不是國家的全部。

黃昏時去了全聚德，這座超級飯店恢宏如市政府，等待吃烤鴨的人從一樓大廳溢到了門外，富麗堂皇的廳堂裏就餐就像趕一場婚宴，烤鴨吃了幾片，感覺挺好，但多吃了就和西苑路買的無異了，什麼東西貪多了都是這樣無趣。

3

十三陵在京城北面的郊縣，大明王朝的一把手全在那裏集中了，包括那個在景山上上吊的崇禎。

果然是上好的風水，整個陵園彷彿是一把巨大的躺椅，呵護著朱氏家族的王朝遺夢。大霧在山中彌漫，巨大的松樹林濃蔭遮天，讓長陵變得陰森起來。這座永樂大帝的陵園是唯一倖存的，那年李闖王殺進居庸關，誤以為這個紅牆綿延的地方就是紫禁城，興沖沖率兵歸來卻是一片墓地，感到晦氣的闖王一怒之下火燒十三陵，火光過後，只有長陵倖免於難。

因為毛潤之對永樂皇帝的推崇，這座陵園成為大家爭相瞻仰的皇陵，而其他的皇帝陵園依然在漫長的修復中，保持殘垣斷牆的本色，可惜我卻無緣目睹那種荒涼的真實。

大霧同樣讓長城顯不出巍峨的氣勢來，只有雙腳真實地在秦朝的牆磚上行走，才能體會這個浩大工程的艱難與榮耀。始皇帝造的這段圍牆已經註定是後人無法超越的建築奇跡，不要說重建，就是修繕也讓今人倍感吃力，長城非常陡峭，從一個烽火臺到另一個烽火臺，很多地段需要手腳並用，真是名副其實的爬長城，事實上八達嶺這一段已經算是平坦易攀的，古代邊防士兵們的幸苦可想而知了。

　　長城是爬得腿軟，故宮是走得腿軟。我只是從北往南穿過這個皇帝的大院，但已經讓我眼花繚亂、口乾腿軟，連印璽都要專門造一座宮殿來放，其他的生活空間更不用說，隨便哪個角落的一塊石頭、一棵樹都美輪美奐，讓人驚豔不已。難怪古時那麼多的人想當皇帝，尤其是見識過紫禁城的高官們，僅僅一個紫禁城的家當就足以誘發犯罪動機，何況普天之下莫非王土呢？

　　天安門廣場堆滿了人，把這個世界最大的廣場都擠瘦了，這樣的人海讓人感到壓抑，算了，毛主席他老人家也不去瞻仰了，英雄紀念碑也不去獻花了。

4

　　八國聯軍一把大火幾乎燒光了大清150年的家當，這讓慈禧她老人家心疼不已。更重要的是皇家的面子需要維護，我想挪用海軍軍費也是老佛爺的無奈之舉，有誰不想自己的領土守備森嚴呢？她必然也清楚沒落的大清與洋人相比差距懸殊了，後人把海戰的失利全歸罪與她也不厚道，即便她不挪用，海軍也是會失敗，無非不會輸得這麼慘烈，這麼沒有面子。無非把大清王國的句號提前畫上了。

　　在頤和園裏，奢侈已經勉為其難，很多細節都寫著大清國捉襟見肘的尷尬，洩露了西太后的曠世憂傷。一個王朝的沒落是在世界大環境下的必然，大清國在雄起的西方列強面前，和光緒在慈禧面前的遭遇一樣，勵精圖治不過是一廂情願的想法，終究逃不過被覆滅的命運。

　　鬱悶的女元首只能在昆明湖泛舟解憂，得寵的小李子遠比軟弱的皇帝自由而享福，為一個人解憂總比為一個患難中的國家解

憂容易些，於是各種慈禧式審美在頤和園誕生，迷信的氣息彌漫在各個角落，這是中國式的心裏療法，成為今天京城導遊津津樂道的主題。

　　這是悶熱的一天，天空陰霾，我總是固執地將這個不凡的女人從歷史的唾沫中拉出來，我想她的許多軟弱表現只是「弱國無外交」的無奈，只是盡可能地用退步避免戰火，維持大清國日益衰弱的國家氣象。她的審時度勢是年輕的光緒無法理解的，才有了百日維新，才有了被軟禁的皇帝悲歌。

　　也許這些故事都因為他們的生不逢時。

去成都

1

走進候車室的一剎那，腦袋轟地大了起來，類似於菜市的喧嘩聲剎那間將我淹沒，好一會兒才浮上來，能聽清身邊坐客鼻音極重的方言。

已經很久沒有坐長途火車了，印象最深的是95年去廈門的那一趟。大熱天。硬座。普快（過去時）。像一群被超載運輸的魚。氣味渾濁不堪入鼻。人永遠只能直挺挺地坐著，實在按耐不住，把腦袋掛到窗外，一陣煤灰就把我裝扮成礦工形象，並幾近窒息。

除了氣息，更讓我心有餘悸的是車廂內的混亂。那時節世道尚不太平，一大群寄生於鐵路列車的車匪在各節車廂內招搖過市，儼然是一方霸主。

鬥毆產生的各式聲音此起彼伏，讓旁觀者噤若寒蟬。當一個胖子渾身血跡地倒在我腳邊時，20歲的我終於難於故作鎮靜，讓雙腿很真實地抖了個把小時。

那一次南行是一個落魄少年離家出走的噩夢，在短暫地十餘天後醒來，再一次出現在家鄉的小站。

之後乘火車都是些愉快的小插曲。主要集中在我從事旅遊的時光，那時候一直在江浙滬一帶穿梭，因為短暫的車程、窗外的風景以及目的地朋友的守候，實在是美極了。

「西子號」是我那時乘得最多的一趟車，有次無聊中在意見簿上寫了首打油詩：「西子號，品牌老。有人情，服務好。常微笑，步步高⋯⋯」博得美眉乘務員額外的微笑。

2

20：20。

快要剪票進站臺了，引車賣漿者已在閘門前排起粗壯的隊伍。這時，有車站的工作人員在叫賣休閒區的座位，一群不明就裏的魚兒便又急哄哄地隨她遊去。

休閒區的好處不在於一台破電視和那些陳舊的沙發，而是提前進站的「優先權」，火車站的工作人員早已深知其中的好處，讓每一分鐘都產生利潤。

進站了，耳邊忽然就沒了喧嘩──深夜的站臺一片寂靜。鐵軌上閃著寂寞的寒光。幾個賣零食雜貨的小販縮在推車的角落，只把腦袋和一雙眼睛晾在午夜的燈光裏。我站在空空的鐵軌前，等待從寧波開來的火車把我裝去神秘的四川。

踏上火車的時候，口袋裏唱起歌，是朋友邀我去吃火鍋，我猛然就很懷念小城的怡然生活。

3

在臥鋪車廂裏找到了自己的「搖籃」，才暗自舒了口氣。硬臥的個人空間一如既往的狹小，在晃動的節奏裏躺著，感覺彷彿是童年的搖籃──那種安靜又單調的晃動生活。

我的下鋪看上去是一對小夫妻，經過長長的熱戀後新婚的那種。此時很平靜地靠窗坐著，隔著小茶几，偶爾聊幾句。說的是

四川話。我的對鋪是位年輕的女孩，極悠閒地在看雜誌，卻冷不丁地坐起來，衝我問道：「終點站是貴陽嗎？」

我說：「不是，是成都。」

她忙一骨碌爬起來，刷地跳下來，噔噔噔地跑向乘務室。回來的時候倒不慌張了，輕鬆地躺下，將一隻老式隨身聽塞進耳朵，悠哉悠哉。

上鋪一直空著。好一會兒，才風風火火地過來兩個女孩，風風火火地地將大小行李四處一陣塞，年紀大些的那位騰地就坐在下鋪，一把脫了鞋子，將一雙並不漂亮的腳展示出來。

夜已深，窗外燈光寥落。

4

一覺醒來已到南昌。窗外的建築有了明顯的贛地風格，田野也越來越多地出現在視野，有了廣袤的味道。

上鋪的黃髮女孩（年輕的）一大早就坐在窗前，百無聊賴，安靜得如寫生的模特。

窗外只有微朦的天光。只能看見一些高低錯落的植物的剪影，刷刷地掠過。

直到車廂內的燈光點亮，人們才紛紛從搖籃裏起來，簇擁在洗臉處，誇張地刷牙。

半天之後，車廂裏的人漸漸熟悉起來，開始紮堆海聊。左邊的一位安吉小男孩奶聲奶氣地唱起了歌。右邊一位自稱是援藏工作者的藏族青年坐在窗前喝啤酒。

中飯以後，車廂裏有了熱鬧的氣氛，一致譴責列車的緩慢以及過於頻繁的臨時停車。藏族青年羅布在眾人的慫恿下在意見簿

上留言，他竟然分別用英文、印度文、藏文題了意見，令大夥刮目相看。

於是聊得更熱乎了，談西藏，談活佛，後來就都聽羅布講活佛的神秘故事，講轉世靈童的尋找過程，聽得玄乎了，便有人說，沒見過，不信。羅布一臉認真地反問：

你沒見過你爺爺的爺爺，你懷疑他的存在嗎？

講累了，羅布就拿出自唱自錄的音樂光碟給大家聽──是幾首迪斯可風格的英文歌。封面上印著他在尼泊爾拍的照片，長髮飄揚，很有流浪歌手的滄桑感。

上鋪的黃髮女孩和下鋪的小媳婦聊起來，想不到竟是校友，只差了一級，一會就聊得熱火朝天了。

5

又是一天，火車已在四川境內「競走」。

從一個叫石門檻的小站開始，便是一路連續的山洞，在視線的許多次明明滅滅之後，眼前豁然開朗，臨近趕水時，有了一條清澈無比的溪流一路相隨。眾人都精神振奮起來，紛紛站到窗前，有人就跟乘務員開玩笑：開得這麼慢，索性停車讓我們下去洗個澡、捉條魚上來再走，大夥哄地笑起來。

溪流的對岸山腰上有一條古道，路是從石縫中鑿出來的，前一段已改建成可通車的新路，後面的就依然是原先的舊模樣，讓我有些明白「蜀道難，難於上青天」的說法，旁人聽了卻嗤笑一聲，說這路才不算險呢！

31歲的藏族青年羅布每天都在不停地喝啤酒，而且謝絕任何小菜零食，純粹當茶喝。他的對鋪──一位長相和氣的業務員幫

他記著數──一天喝了18瓶。

這天中飯後，又悶得發慌，一幫人又湊在一起玩「過七」遊戲，喊錯數位的人罰演節目。於是就聽了許多南腔北調的歌，猜了許多腦筋急轉彎。羅布的印度歌唱得最好，全車廂的人都給他鼓掌。

快到重慶時，氣象就有些不同，江闊天高，舟楫林立。

坐聽古城千秋水，臥看長江萬里船。

這是我躺在臥鋪上胡謅的對子。說胡謅是因為前一句具有虛構性。車內廣播放著激情的音樂，空調車的窗戶都是嚴實的，應該聽不見江水聲，只是我的感覺而已。

可惜的是火車在離重慶不遠的江津往左一拐，西去成都了，沒能目睹重慶的新姿。

6

兩天時間，我們14號車廂的人基本上都混熟了，熟得像東北銀（人）一樣圍著盤腿嘮嗑，有人到站，我們就出動半個車廂的人幫忙提行李送下車，弄得下車的人就有些感動，有些捨不得，弄得接站的人有些莫名其妙。輪到我對鋪那個第一次出遠門的紹興小姑娘在貴陽下車時，已是凌晨兩點，沒睡著的人都輕聲道別，我們五六個人幫她提行李下車，她終於忍不住掉了淚，說沒想到第一次出門都遇上了好人。我猜想在她母親的叮囑裏，長途列車是充滿恐怖的混亂之所，需要像羔羊在荒野一樣每一刻都保持警惕和沈默。

這是普遍的成見。但我們的K1229次是安寧的，儘管它慢得像登山的蝸牛，讓我們罵個不停。

7

到達成都的時候已是午夜，這座遠離我家鄉2000多公里的城市以沈默的表情迎接我的第一次造訪。

火車站廣場上還是有許多人，除了計程車司機，其他的人都身份詭秘。我急速地穿越用意不明的目光群，招了一輛計程車。

我在這座城市要做的第一件事就是美美洗個澡，睡一覺。

8

我所借住的賓館在一個叫水井坊的社區，大概是借了名酒的名聲來潤色。可是我卻沒聞見酒香，反倒是常聞到一股辣味，它們和氧氣一起存在，揮之不去，讓我時不時地打個噴嚏，一下子就變得水土不服。

後來，我找到了其源頭是附近的一家批發市場，像杭州人經營茶葉一樣經營辣椒，品種豐富，現炸現賣，讓我這樣的江浙人拔腿就跑。

幸虧不遠的一條舊巷安慰了我。

那是一條長長的巷子，兩旁的梧桐活得很滋潤。梧桐下清一色兩層樓的舊房子，建成於六、七十年代，上層住宿，木窗狹小，漆色斑駁。下層開些日雜、小吃店鋪，跟我少年小鎮的記憶極為相同。

我驚喜地走過去，真實地走在我少年生活的場景裏，忽然看見一家錄像廳，門口一張硬紙板上歪歪扭扭地寫著「一元一

杯」，我到門口探了探腦袋，瞥見了一台21寸彩電正放著香港片，一下子就來了興致（要知道我中學時常常被這樣的錄像廳迷住）。

在樓梯底下的一張竹椅上坐下，我四處亂瞅。四面燻黑的木牆。牆上有把鐮刀。衣著簡樸的看客。面前的青瓷茶杯⋯⋯

半個小時後，我卻坐不住了，清醒地發現我已無法忍受這壓抑的空間，渾濁的空氣。

也許，往事只能短暫地回味。

9

成都附近的著名景點很多，但在彌漫辣子氣息的寒風中的我已歸家心切。忙完公事便奔向火車站。天空竟飄起了雪，雪落在身上，身上的每一寸皮膚都在催促我回到江南。

那條莫名的小巷，成為我對成都最深的記憶。

十里秋水太湖源

　　昨夜一場秋雨，淋透了太湖源。那兩山對峙、雙峰相夾的十里長澗，水勢更加浩蕩。太湖源位於浙江臨安境內東天目山南麓，是浩淼太湖水的源頭，深秋時節遊覽太湖源，本意是探尋漫山遍野的秋色，不想最後難以忘懷的，竟是這十里秋水。

　　秋雨初歇，空氣中陰涼中透著清新和甜意。沿峽谷逆流而上，山道曲折卻平坦，可以晃悠悠散步。兩側高聳的山崖，先後有龍須壁、千仞崖。峽谷口高聳千仞的龍須壁，是太湖源的代表景觀。生長在石壁上的大片龍須草，彷彿是老人的鬍鬚，時值深秋有些枯黃，但仍不乏飄逸之態。龍須壁和千仞崖之間，有雲碧潭，潭水清澈，涼意襲人，水面上漂浮著幾片落葉。

　　過千仞崖，雲霧漸起，秋水之美也漸漸顯露。夾澗對峙的山峰上，隔三岔五地從雲霧深處倒掛出一道道白練，憑空而降瀉入穀底，撞出銀鈴般的清脆聲來。被秋雨淋透的峭壁不甘寂寞，刀切般的懸崖上，四處滲露，上下滴水，一滴滴清亮亮的水珠，順著懸崖滴向樹葉，滴向山花，滴向小草，大珠小珠猶如雨滴梧桐。一陣秋風，無數水滴飛旋灑落，「大弦嘈嘈如急雨」。

　　秋水有形，為潭，為瀑，為溙。位於峽谷中段的醉花瀑，瀑落亂石，水花起伏跌宕，不遠處的競跳石，卻是另類的溪流，山泉自高處奔騰而下，在姿態各異的卵石上跳躍而過。而其實較為壯觀的，要數百丈溙，它是從古佛院上方左側飛流直下，因水勢

倚壁而下，故稱「漈」，以區別於一般瀑布，又因其落差大，故名「百丈漈」。

溪流邊、峭壁上、松林間，偶爾有野菊花的身影，野菊花開得坦然、率真，雖然莖葉羸弱，但花朵依然鮮豔，那亮麗的白和黃，讓山水草木成了背景，成了陪襯。

在曲徑通幽的峽谷間穿行了兩個小時，便看見一座兀立的山峰，峰頂立著幾棵黃山松，山峰下露出一角別致的圓亭，亭旁一瀑飛瀉，那水便是源頭水，那亭便稱「明源亭」，步入明源亭，四面迎風，神清氣爽。走到澗邊，掬水而飲，品嘗著源頭之水，別有一番原生態的氣息。

深渡的天空

　　從浙江衢州去江西婺源的路上會經過一個叫華埠的鎮子，是開化的門戶，一側是通往江西的國道，另一側是現今稱為錢江源的河流，這條清澈的河流經這裏猛地拐了個彎，攔了一湖碧水，形成了一個元寶灣，據說是很吉利的風水寶地，深渡人家就落在這個灣畔，和華埠繁華的集鎮隔河相望。

　　我們拎了把竹椅坐在門口的臺階上，眼前是一個精緻的花園，有草坪花木，還有蜿蜒的鵝卵石小徑，院門旁還有一棵結滿蜜桃的桃樹，最絕妙的是那個魚池，在圍牆的三角形角落裏，水是從左側山上的滴水岩引下的活水，幾尾色彩斑斕的魚正愜意地遊弋，感覺和我泡桑拿時一般的舒坦。

　　中午時分了，院子裏很安靜，門口的村道上偶爾才駛過一輛車子，除了我們幾個不約而至的訪客，只有院落的主人在後面的廚房裏忙碌。

　　我們去桃樹上摘了幾個桃子，去水池洗了洗，很香甜地吃起來，平時都是市場買的，這會兒白吃著就格外的美味，大抵有些兒時四處覓食的餘味。

　　主人從後院出來，是一個身材單薄的老婦人，一身素雅的夏裝，鼻樑上架著的眼鏡顯出與農婦的不同來，她問我們是否有茶水了，我們忙說已經自己泡了，她笑笑，露出一臉地慈祥，轉身又去忙碌了。

這樣的場景似乎是農家樂的一次旅行，但細心的人也許從前面的文字裏看出不同之處，這樣精緻的院落和主人的著裝顯然有故事的端倪。

現在我把鏡頭拉進客廳，你會看見牆上掛著幾幅大照片，照片裏的主角是浙江新聞和新聞聯播頻繁報導的人物，他們的名字我們每天見到，這會兒都在這裏留下短暫的停留。事實上這樣的訪問在中國也不稀罕，讓我驚訝的是老婦人在他們面前的風度，那種不亢不卑的風度。

幾個小菜拉開了中餐的序幕，老人給我們拿來了啤酒，自己倒了一小盅保健酒，我們起立敬酒，老人欣賞地看了我們一眼，而後把話題抵達往事的深處。

他們夫婦是解放後第一批入伍的軍人，那是的時局還很不平靜，朝鮮戰爭、印度戰場、西藏叛亂……他們在軍號聲中輾轉異國他鄉和大江南北，與我們現在出國旅遊領略異國風情相比，他們是用生命的風險去完成使命，完成對人生的特殊體驗。

「我們在成都駐紮的時候，營房前面是泥土路面，天晴時結得很硬，風一吹就是漫天的沙塵，而一到雨天，泥土軟了，穿著高筒套靴走過去也會陷進去，很難拔出來」，老人平靜地訴說著，輕輕地嘬了口酒。

「我們現在還保存著陳毅將軍親筆簽發的獎狀，上次陳毅兒子來尋訪，我拿出來給他看，他一看就激動了，連聲說保存到現在，太難得了，珍貴文物啊！」老人說著朗聲笑起來。

老人的往事成為中午最豐盛的大餐，我們又一次拎著竹椅坐在門口，對這座院落有了新的認識，從臺階上可以看見一灣微波蕩漾的源頭清水，水面下潛藏著無數的魚，這樣的場景很吻和老

人淡泊的心境，在水邊坐坐，時不時會看見有魚尾刺破水面，蕩起幾圈漣漪，如同往事在心底輕輕地劃出一點波瀾。

華埠是民國時浙西繁華的埠頭之一，過往的客船和街巷的客棧裏不時有不同尋常的人物，但他們的腳印在華埠的土地上匆匆而過，而這位久經沙場祖籍福州的老人在走過70年風雨後，把自己輕輕地安放在一灣碧水邊。

深渡人家，就這樣刻進我年輕的記憶裏。

煙雨大明山

1

是被雲霧托上大明山的。

夜色還沒有來臨，沒有籠罩這一片奇峰林立的山巒上。這個淅淅瀝瀝的雨天，把一個日漸西化的鄉村還原成婉約的江南。大明山，也在這樣的背景裏被雲霧層層地圍起來，不再有那份時常亮相的陽剛之氣，倒是極像被白色嫁衣包裹的女子，看不出煙火味，只剩下令人遐想的嫵媚。

然後我就在乳白色雲霧裏升上山頂，一路上被雲霧托著，很有些奇妙，好像兒時對悟空腳下筋斗雲的想法實現了，眼前的雲霧不再稠密，白紗般若隱若現，依稀可以看見幾叢綠得過分的灌木林，或者是一截瀑布，望不見來處，也找不到去處，就那麼短短一段，很亢奮地流動，很是特別的感覺。

2

大約是在山腰吧，那雲霧已經連成白茫茫一片，真正濃密得化不開了，我只能看見兩米前的路，那濕漉漉的石板路此隱彼現，可以聽見兩側水聲，隔著濃霧，卻怎麼也找不到來處，這樣的場景真宛似仙境了。

後來，我進了隧道，耳邊一下子變得寂靜，我知道我走進了大山的靜脈裏，只是這靜脈裏空空蕩蕩，只有嶙峋的石在頭頂，

它們是永不能癒合的傷口，幾十年了，我們無能為力，我們只是在這片奇特的風景裏讚歎或者沈默。我覺得我是在這裏發現山的真相的，那些濃綠的樹木是山的羽毛，只有這些隱藏在內的傷口才是一座山本質的苦難與快樂。

3

大明湖是這座山的酒窩，這樣的比喻大抵跟大明山偉岸的形象不太吻合，但我就這麼固執地認定，一個高山上的湖泊除了美女的酒窩，難以有更好的意象了。如果它不是在這麼一座山的頂部，它只是一個庸常的水池，但它如此榮幸地藏在大明山巔，不會有市井中的人們將它變成藏汙納垢之地，它可以那麼嫻靜地保持一份清純，讓我們這幫偽浪漫主義者興沖沖趕來，把自己放在大明山頂完成一場矯情的約會。

4

不知道是誰把那些像小筍般尖挺矗立的山峰叫做明妃七峰的，在我看來他們應該是男兒身，粗糙的肌理，挺拔的身材，怎麼看也像是一群領兵的將領，也許該改名「大明七雄」。這樣想著再俯瞰大明的峰巒煙霞，似乎就立馬雄偉起來，彷彿面前大隊人馬肅立，自個兒就是那個豪氣沖天的朱姓男人了。

5

其實那些個歷史與我們無關，何況到我們耳邊的歷史早就添油加醋，不知其真面目了，歷史在後人來說不過是意淫的物件，各人在其中找尋自己意淫之樂。人生苦短，眼下的感官之樂才是

要緊的，比如我這會看見廣袤的千畝草甸，比如我聞見農居裏燉雞的香味，比如不遠處幾個穿高跟鞋在山路上走得跌跌撞撞卻風情萬種的美人，大明山盛裝著這些快樂，他們把一個原本寂寞無比的山巒填出韻味來，風景之內的風景，一切都是逃離都市後快樂的緣由。

江山如此多嬌

　　從視窗望出去，是一座鐘樓的頂部，時間的意義在小城的中心成為鮮明的主題，但那個陳舊的大鍾走得非常緩慢，和下面街巷的市井對應。鐘樓的頂上飄揚著一面國旗，旗子不大，在無比純淨靜謐地天空下，悄無聲息地迎風舒展，對於江山的格局來說，這樣的佈置是恰到好處的，不必把意識形態過分地張揚起來，只要它存在著，既在核心的位置，又不時時遮蔽尋常生活，這樣的尺度大抵能看出一個小城的風度了。

　　後來我坐上三輪車在小城遊走，環城皆山，而虎山獨雄踞城中，這似乎隱約透露出一種資訊——江山的霸氣，這樣的氣息讓一座山區小城不再困守在保守謙卑的庸常故事裏，突圍的意識在虎山的隱喻中最終成為一座城市的精神核心。而須江用寬闊的河床為江山打開了寬廣的胸懷，以及遙遠的精神指向，這樣的山水構成了江山自己的城市品格：包容與突圍。

　　多年前，我第一次到這座小城參加一個國際研討會，從一位女市長身上看到這種城市品格，開始她很安靜地坐著，後來她站起來走向講臺，這是一個得體的女人，即保持了一位魅力女性的氣質，又暗示著一位城市領導者的風範，然後她開始發言，然後激情像江水一樣漫過我們的頭頂，我以為這樣的開場會有一個漫長的演說，但她卻用一首民歌表達了江山的聲音。

　　這首民歌後來就常在我耳邊縈繞，我知道我與江山結下了不解之緣，後來我不僅與江山的文人們來往甚密，也交往了江山的

商人，驚訝地發現他們如此相似的品格——樸實、低調、重情。他們與處在經濟漩渦中心的城市市民的反差如此強烈，這是對當下社會的反諷嗎？至少對於我來說，讓我開始反省。

　　也許是過快推陳出新的環境讓我們摒棄了生活中本質的審美，也就遠離了骨子裏的性格傳承。而江山遺存了仙霞古道，也遺存了骨子裏的中國傳統，像廿八都包容八方民風一樣包容了這個時代的多元變遷。

　　我不知道這個說著古老方言的小城怎麼會如此讓我著迷，也許是前生與江山有深厚的淵源。我只知道，我一半的魂魄留在衢州，這個客居四年的邊城是那麼祥和淡定，我一半中的一半魂魄留在江山，這個謎一樣的小城將是我今生精神之旅中一個美麗的驛站。

因河流而美麗的衢州

十年間，我目睹了許多城市裏河流的死亡，他們在水泥森林的拔節中迅速地喪失活力，悄無聲息。它們在地圖上依然色澤鮮明地存在，現實中卻只殘留著河道，以及流動的液體。沒有人對這些液體報以親近的目光，即便一些已幡然醒悟的城市用橡皮壩截出一些波光粼粼的水面，這些水面只在夜晚的燈光裏呈現虛幻的美麗。

這些河流只是地理上的符號而已。

去年初夏我第一次抵達衢州。在此之前，除了想像中的橘林，我對這個浙西邊城一無所知。在那個漫長的夜晚，一直在想，這個城市，以什麼來叩響我心靈的桃源？

第二日，我出城去往天脊龍門，車過崇文大橋，便與一條河一路相隨，靜寂的波光一刹那間吸引了我，搖下車窗，我看見一條久違的河流，沒有一絲雜質，寧靜而酣暢。

過一大壩，河面更寬闊，寧靜中潛藏著鮮活的力量，一條陳舊的船停泊在岸邊，無人，如同寫生的道具。有老婦在埠頭洗一擔菜。對岸綠蔭中的村莊恍若夢境。這樣的場景，詩意得讓人難以相信。

後來我知道這是烏溪江。

當我看見鬧市中心的南湖，同樣為之欣喜。如果把城市比作女人，烏溪江是衣裙上的飄帶，南湖當是頸項上的項鏈。那些燈火輝煌的大都市，項鏈早已黯然失色，而南湖，依然在城市中展

現本色的魅力。和它相依的，是一些古老殘缺的城牆，一樣保留
著古老的質地，它們在日漸繁華的城市腹地堅守著歷史和自然的
本色。

　　在窗外如水的夜色裏，我開始盤點足跡，尋找城市靈魂的答
案。一個依靠現代建築和燈光妝點的城市是無法愉悅心靈的，而
用述說歷史的古跡是城市的靈魂，但沒有美麗的河流，城市便失
卻了靈氣，變得古板或者浮躁。只有擁有本色鮮活的河，城市才
能保持水靈的氣質，打動居住者的心靈：一路的旅行／竟沒有粘
上一絲風塵／烏溪江／是誰／令你素面朝天？

　　如今我已在客居的時光裏沉浸於城市的悠閒，我知道這份感
覺源於城市這些美麗的河流。在閒暇裏，我總是在它們的旁邊流
連，那些聖潔的波光一次次地撫去心弦上的塵埃，喚醒詩情。

青山湖，夜晚的桃源

終於，夜色一點點抹去了山水的墨綠，只剩下濃濃淡淡水墨的輪廓。一絲風便能掀起波瀾的騷動屬於白天，此刻所有的心跳都歸於寧靜，看不到湖面此起彼伏的心事，看不到山頭不耐寂寞的飄蕩。夜色裏，只感覺到湖底的水草走進脫俗的夢境，停留在水的氤氳裏的，只有寂靜和想像中的桃源。

湖畔亮起一盞盞樸素的燈，那是停泊在岸邊的小船，即將承載我們以及我們的心願，劃過夜色，駛向湖的腹地。

在夜色來臨之前，我一直在湖畔的草坪上徘徊。船隻在湖面上穿梭，每一次啟航，馬達和劃破湖面的船舷都暴露了遠行的渴望，但很快它們便明白山是永遠的屏障，冷卻的願望化成湖面幾個漂亮的弧線，連接啟航的地方。船隻穿梭，就像人類在俗世間的奔忙。

後來，我選擇坐在草坪上，因為我喜歡它們的顏色以及葉尖上的安寧。但因為音樂、啤酒和城市的壓抑，我的身邊依然嘈雜。我似乎聽見草兒一聲疲憊的歡息，它穿過聆聽的耳朵，直抵心臟。草兒的歎息並沒有讓我感到孤獨，因為越來越多的人穿過嘈雜，來到草坪上和我一起等待夜色，他們的目光都越過湖面，停留在山巔，就像在黃山等待日出一樣。

夜色終於來了，「對岸的古塔浮在水面／敞開的是風，剩下的是小船」。走下堤岸，走進小船，一貫沉穩的腳步變得有些激動，也許是因為我們不曾擁有湖中的夜晚，潛藏的願望在悄然泛起。

　　是的，船還是原來的船，但在夜色裏，它是我們唯一的寄託。樸素的燈光照亮了共同的心事——桃源，是否在夜色裏，停留在湖的中央？

　　啟航了，岸上的燈光漸漸遠去，所有人的臉上換上無比輕鬆的笑靨，有人向岸上招手，彷彿在告別城市的記憶，在燈火通明的街市裏，我們久違了這樣純粹的夜色，更沒有奢望過在夜色中滑行，儘管我們明白我們終究要回到岸上，但所有的快樂都在路上，一瞬間也會成為貫穿一生的記憶。

　　在湖心，船停了馬達，四周寂靜。這一刻，船是我們僅存的疆土，它使我們的心靈走得更近。湖在我們的腳下蕩漾，夜在身邊開放，我們一起傾聽，聽見心靈的遊魚已抵達湖的心臟，叩開桃源的門。我們恍然明白桃源就在紅塵不遠的地方，只要我們用心靈虔誠地尋找和體會。夜色和船就能承載起我們自以為遙遠的願望。

　　這個夜晚，我們是多麼地酣暢，桌上的菜餚只是我們膚淺的理由，把酒臨風，擊節而歌，我們已到達渴望的彼岸，不必苛求太多的風光，撒滿湖面的歌聲和所有的坦誠足以讓我們幸福，足以成為一生的典藏。

　　走吧，在暮色裏出發，夜晚的桃源就在青山湖。

衢州書院的某個午後

　　我走進書院的時候，廳堂裏只有一個年輕的女孩坐著，她面對著一只鋥亮的水壺，水壺上連著一根黑色的電線，一頭插在書架角落隱秘的插座上，她專心地看著水壺，彷彿在看一隻睡著的貓，聽見我進來，只是把頭扭過來，然後朝廳堂後面指了一下，又埋下頭去。

　　我從廳堂左邊繞過去，那裏有一扇側門，可以隱約地看見一些盆景的局部，有些是枝椏，有些是幾片葉子，有的則是褐色的盆角。

　　跨過門檻的時候，就看見後院站著三個人，渭東緊貼著側門，他與牆之間是一個水池，水池的水龍頭的水正嘩嘩地流著，他的手在水池裏劃拉著，然後猛地提起來，我看到他手上拿著一隻褪了毛的野兔。一個四十歲左右的女人站在離他2米遠一棵羅漢松的旁邊，兩隻手抱在胸前，眼睛一直盯著那只鮮紅的兔子屍體，好像害怕那只兔子會突然活過來。她一直在說話，好像在描述對這隻兔子的幾種解決辦法。在她的左邊站著一個更年老的女人，手上拿著一隻掃把和一隻鐵皮畚箕，畚箕裏有一些殘枝和泥土，更多的殘枝和泥土在畚箕的前面，等待著進入畚箕，但掃把的主人卻停止了動作，饒有興致地看著渭東把兔子從水裏撈出來，然後用一把清理樹枝的剪刀乾脆地剪下爪子。

　　他們站成一個三角形，保持了某種平衡，我的到來改變了這種自然關係。首先是兩個女人有些詫異的目光，然後是所有的面

孔都轉向我，渭東張開嘴層，發出呵的一聲，眼睛裏的光閃了一下，完成了對我的招呼，繼續對那隻鮮紅的兔子下手。

我隨著他們的興趣站了會兒，看著那只兔子剩下精華部分的骨肉，然後抬腿跨過門檻，回到廳堂，廳堂靠近天井的籐椅上多了個中年女人，女人的腦袋搭在籐椅弧形的扶手上，惓縮成一隻懶貓的姿勢，已經睡著了，天井的陽光斜斜地灑進來，把她整個地包裹起來。

廳堂的左邊擺著一隻長長的畫桌，那裏經常有一些剛書寫的毛邊紙，被人隨意地丟棄在畫桌的角落，如果翻開來，會看見一些歪歪斜斜地墨蹟，有時像蝌蚪一樣，有時粗壯得像古老的樹木。我找了下，沒看到這樣的東西，兩支毛筆也端端正正地擱在筆架上，而不是平時那樣呲牙咧嘴地倒在畫氈上，像累壞了睡在木床上的光棍漢。

我走到書架前，對著書脊上的書名一本本看過去，保持溫和的目光，向它們問好，然後在《這就是衢州》前面停住，因為書名的下面標注著我熟悉的名字。我伸出左手，它就猛地從架子上跳出來，好像我從一群沉睡的人群中把它突然叫醒。

我走到天井旁邊的木墩上坐下，剛翻開書，籐椅上的女人醒了，看了我一眼，然後把目光抬高，在整個廳堂巡視一圈，又把目光收回來，落在面前的一張報紙上，然後嘀咕了一句：晚報怎麼還沒來，說完整個人就來了精神，很利索地走進旁邊的廂房裏去了。

天井裏一下子就空曠起來，大約是下午三點多了，陽光更斜了，一些原本照亮地景物退回到陰影裏，那顆梅花還有一半留在

陽光裏，花瓣還在努力地盛開著，但力量明顯有些弱了，有些堅持的味道，好像遲暮的女人在維持面孔的光潤。

看了幾頁書，我聽見了自己抽煙的聲音，廳堂安靜得可以聽見香煙的燃燒。我側耳聽了下，後院也沒有響動。那個叫小燕的年輕女子從後院過來，腳步輕得沒有一點聲音，她提了水壺往我杯子裏添了水，然後坐到比較遠的一把藤椅上，面前放了垃圾桶，我以為她要吐點什麼，她卻從口袋裏摸出一顆東西，放進嘴裏，咔地一聲。

吃山核桃的脆響成了這個午後的主題背景，一個書院的服務員過著當年姨太太的生活片斷，只是沒有丫鬟在旁邊捧場。一隻鳥匆忙從天井的天空飛過，好像也感染了時代的節奏。而許多年前的鳥一定會在屋簷上停留一會兒，看看是否畫桌的宣紙上是否有自己的影子，或者對女主人新買的耳環表示下好奇。

這個古老的宅院剛剛從冬天醒來，春天抵達這裏也會有些延誤，春天是一支興奮劑，而這個院子卻有免疫功能。不然，這些遍佈角落的雕塑和盆景會聒噪起來，在白天和夜晚不停地說話。

這會兒連不遠處的CD機也保持沈默，儘管電源的綠燈一直亮著，就像一個很會說話的人只對你微笑。

邂逅文峰塔

我和陽林沿著一條河走著，河很長，不知道叫什麼名字，河岸種著許多樹，嫵媚的柳樹，健美的香樟等等，排列得錯落有致，樹林之間，有一些石椅，這會兒都空著，讓這條河岸顯得格外安靜。

我們踏著樹的陰影走了很長一段路，陽林走在前面，看上去目標明確，步伐堅定，我走在後面，毫無方向，腳步迷茫，一直看著他發亮的頭頂，那是指引我方向的旗幟。

旗幟猛地拐彎了，出了樹蔭，一下子亮堂起來，下午四點多，太陽的光還是白得刺眼，我眯起眼睛，從包裏掏出太陽鏡戴上，世界一下子就溫柔起來了。

常山的街道不寬，行人不多不少，這是小城合身的褲子，穿出幾分得體的樣子來。

陽林是來看他二哥的，我是來看一位書法家，他們是同一個人，所以我們結了伴。

在一個嶄新的小區前，陽林停了腳步，掏出手機，開始說方言，我知道是打給他哥的，但我聽不懂，只好看穿著典雅外衣的房子，它們像一些有錢的年輕人，一聲不響地看著我這個外地人。

陽林把手機放回褲子口袋，右手往左邊堅定的一指，走，就在那個塔下面。

這時我才看見左邊有個古塔，離我們站的地方很近，所以看上去很雄偉，塔尖上長著雜草和一兩棵小樹，塔下是成片的大

樹，像被一群保鏢護衛著，在它面前，那些典雅的房子一下子就沒了底氣，不再那麼神氣了。

穿過這個小區的時候，陽林一直在說，這個小區真好，可以看到這麼好的公園，我一直盯著塔看，奇怪它就這麼呆在煙火人家中間，而別的小城的塔都在城郊的山上，像個哨兵。

半個世紀以來，為了舊貌換新顏，古老的建築屢遭洗劫，塔是難得的倖存者，這大概得益於塔的精神圖騰作用，一個地方幾年不出舉人進士或者發了瘟疫，就會集資建塔，避避邪，祈求出頭的機會，人們對它就有了敬畏。加上塔大多建在郊外的山頂，與市井無爭，就得以偏安苟存了。

我看著塔尖上的草這麼胡思亂想著，就到了一座門樓前，上書「塔山公園」一匾，走進去，陽光一下子逃遁了，整個是陰涼靜穆的，有指路的木牌透露了塔的名稱：文峰塔，端得是文雅有大氣的名字，在這麼靜穆的氣氛下，腳步也下意識地淺淺地落在石階上。

陽林一路在歎著往事，三十年前這裏是他的母校，現在影子也沒了，沒了母校印記，不免有些傷感，又不得不嘆服這個公園的好處，這複雜的情緒讓他表情豐富。

公園是個小山，只幾步就到了山頂，赫然而立的文峰塔旁現出了一座四合院，這會兒輪到我驚訝了，大呼小叫地說這是個絕妙的寶地。

四合院的門楣上自然也有匾額，上題「常山書畫院」，字跡清麗祥靜，與這片環境十分適宜，步進天井，一方齊整的陽光也柔柔地，和別處不一樣，我要拜訪的陽君先生正在收拾四周廊壁上的書法，一個集四方名家的展覽悄然落幕，這些或莊

或諧的字們在陽君先生的安排下，輕輕地卷起身子，到歷史的角落休憩去了。

我不便打攪先生的活計，到廂房裏小坐，一隻大大的書案後面一排高高的書櫃，這足以組合書家的精神骨架，書案當是書家心靈的四合院，停息著思想，而書櫃則是書家的脊樑，脊樑上有著自己的骨氣，有著燈紅酒綠之外的元素。

窗外，文峰塔筆直站著，像一支碩大的長峰大毫。

情感筆記

麥可‧傑克森，走了

他的身上，隱藏著神秘。

這個5歲就登臺的孩子，是舞蹈的精靈，沒有人在他的舞蹈面前能保持矜持。當年，我還被籠罩在長輩們守規守矩的教導裏，一盤不知從那個地下流傳過來的麥可‧傑克森的演唱會錄影帶突然打開了我的視界。精靈般的舞蹈、放縱的歌聲、瘋狂的歌迷，不時有人暈倒——我一下子目瞪口呆，生活原來可以這樣。

我開始工作，開始我短暫的單身生活。那時候我是自由的，我覺得我可以隨心所欲地生活了，我擁有了傑克森的一些光碟，那些大膽想像的情節和場景一次次讓我震撼。

這是一個百年不遇的精靈，他曾經為黑人吶喊，又為了改變身份，將自己漂白。他在世界的追捧中，開始覺得自己無所不能，從精靈變成魔鬼。

但我們無法知曉真相，就像我們無法知曉這個天才舞蹈者的基因，我們無法知道，他在舞臺的背後是怎樣的燈紅酒綠，或者，黯然神傷。

一個世界誕生精靈是不易的，無論是科學的福星還是精神的舞者，他對這個世界的影響總是深遠，他們總是將我們帶出平庸的生活，讓我們驚喜或者陶醉。

天妒英才，上帝總是急於讓人類中的異數召回身邊。50歲，麥可‧傑克森已經放盡了光芒，然後返回他來的地方。

　　記住這位精靈舞者，他對於我來說，他顛覆了我中規中距的少年思維，讓我的青年時代滿懷激越。

　　精靈還會在世上誕生，但麥可‧傑克森只有一個，在整個人類史上。

最後的鄉紳

——紀念周呈祥先生

　　何謂鄉紳？非土豪劣紳，乃有德、有術、有才、有禮，名滿鄉里者。

　　先生具備這些條件，並且一直將這些品質保持到物慾橫流的21世紀，這樣的鄉紳，放眼中國，也是最後的孑遺了。

　　天目山麓的那個小山村是我們共同的家鄉，普通、低調，沒有名人讓這個村子榮耀史冊。先生的祖父從安徽績溪操持竹業落戶於此，而後發展家業，先生出世時，家業已興，族人有為，先生父親行善，影響先生一生德行。

　　先生後從學浙江醫學專科學校，抗戰開始，先生一腔熱血，欲跟隨部隊轉戰大後方，報效國家，但事與願違，部隊也先行轉移，他又回到鄉里，此後一生從醫，並秉承師訓，用醫術恩澤鄉里。

　　先生自小有肚才，但20世紀中葉的國家鄉土風雲變幻，先生的才情孤芳自賞，直到上世紀80年代，先生退休，便潛心致力於詩聯寫作、鄉土研究，筆耕不輟，成果頗豐。在那個文化復甦的年代影響了很多青年人，從而改變他們的人生。

　　我是從上世紀90年代開始與先生交往的，其時我已離開這個村子，在縣城謀事，但先生潛心考證的《駱賓王下落考》讓我深為佩服，我們成了忘年交，我從這篇考證論文開始，回溯先生的精神歷程，通過先生的記錄回眸一個村子的世紀往事。先生年事已高，還有許多心願，比方說編一本《千洪人物志》以記錄這個

小山村走出的才俊。他曾有意讓我完成，但我忙於為柴米謀，家鄉已只是我匆匆的驛站，我未能接手。

與先生交往，深為先生的禮儀感動，我們通信，他稱我為「仁棣」，意為賢能的老弟，我們年齡差距近60年，況且才疏學淺，總是汗顏。每逢節日，我寄上賀卡，先生必回贈，偶爾回鄉攜點禮品探望，他總是千謝萬謝。他總是將別人的情意深深記住，我結婚時，他是第一個趕赴我老家送來賀禮。

先生是厚積薄發的，治學嚴謹，他的詩聯總是在反覆推敲成熟，並與人討論後才展示於眾的。他同樣也是自信的，當《駱賓王下落考》遭遇一些學者的責疑時，他據理力爭，不會顧忌什麼專家來頭，2005年，中央電視臺《探索發現》劇組聞訊趕來採訪，先生侃侃而談，實地介紹，在節目中表現著學者的氣度和紳士的風度。

先生在這個乍暖還寒的春天走了，他走得平靜，也走得不捨。他深愛著這片土地，這方親人，這批淡如水的朋友。他的溘然長辭為鄉紳時代畫上了句號。再也不會有這樣的鄉紳了，再也不會有這樣的先生了。

先生，我在這個浮躁的時代，無法繼承您的淡泊，但我會繼承您的樂觀；我無法仿效您的一生行善，但我會堅持以真誠示人。

先生，走好，您是我一生的典範。我對您的話都在輓聯裏：

　　先生去矣，惟留清氣寄舊文；
　　晚輩來哉，只承遺願譜新章。

秋天，和海子對話

1

中午了，赭山公園那些吊嗓子的、遛鳥的、舞劍的、扯談的人都回去了，回到自己的市井裏。赭山，就一下子安靜，還原它本來的狀態，就像空無一人的舞臺。

陽光從樹葉間刷刷地傾瀉下來，這是秋天的陽光，一如中年人的目光，不再熾熱，也不是那種暮氣的微溫，是那種最接近生命的溫度，很細膩地照著，讓人一點點感到溫暖起來，渾身開始充滿力量。

昨晚被雨打濕的赭山開始甦醒，樹葉都已舒展，這些山的羽毛再次精神抖擻。草叢有些氤氳。每一個臺階都在等待落葉的親吻。

2

週末。我依然選擇這個制高點面對城市。只有這個座標能夠讓我感覺長江只是一個飄帶，這個大碼頭的方言柔潤，類似這個季節的氣候。赭山，是我的靴子。穿著它我不會像一頭蒙眼的驢子一樣迷路。

風從四處吹來，其中肯定有300公里外安慶的往事，而海子，安慶的孩子，你在我的身邊微笑。

3

你和我一樣，15歲離開家鄉的山野，你直接抵達北京，在京城的高度回望家鄉的麥地。而我，在縣城為發現圖書館而驚喜。18歲，你開始打開意象，直接拉開宏大的序幕：

> 亞洲銅，亞洲銅／擊鼓之後，我們把在黑暗中跳舞的心臟叫做月亮／這月亮主要由你構成。
>
> ——〈亞洲銅〉

> 而我還在初開的情竇叫賣——你的目光，是丘比特的箭嗎／不知能射中幾環／還是大海中的燈塔／能否把我的方向照亮。
>
> ——〈目光〉

我為自己的情竇叫賣了三年，因此一直盯著汪國真的衣袂，你在北方開始點燃詩歌的火焰，但這樣的光芒在愛情的光環面前黯然失色，一直沒有抵達我的視野。

你在梵高的向日葵裏看到了燃燒的火焰：

> 把星空燒成粗糙的河流／把土地燒得旋轉／舉起黃色的痙攣的手，向日葵／邀請一切火中取栗的人。
>
> ——〈阿爾的太陽〉

這樣的火焰一下子點亮了你的雙瞳，你的骨骼一直在等待這樣的火焰，很快，你在自己的童年裏發現了自己的向日葵──麥子，麥子，這是江南平民最好的生命背景啊。海子，你真是神話般幸運，然後你潛入童年的河床，村莊、馬匹、河流、井……麥地意象系統宣告成立，織成時空之網，你是那只陶醉的蜘蛛。

4

七年，你一直高擎著燃燒的燈火，光芒照耀了整個中國，但維持這樣的亮度需要熱血，我似乎看到你年輕的血液在奪路而出，在燈火中舞蹈：

> 我們坐在燈上／我們火光通明／我們做夢的胳膊摟在一起／我們棲息的桌子飄向麥地／我們安坐的燈火湧向星辰
>
> ──〈燈〉

這樣的光芒是給別人和自己的靈魂的，你的生活一直在黑暗裏，沒有多少溫度，你一直坐在自己的孤獨裏織網：

> 還沒剝開羊皮舉著火把／還沒剝開少女和母龍美麗的身體。
>
> ──〈王位上的詩人〉

> 當眾人齊集河畔　高聲歌唱生活／我定會孤獨返回空無一人的山彎。
>
> ──〈詩歌皇帝〉

孤獨年輕的你多麼渴望愛情啊：

玫瑰花　蜜一樣的身體／玫瑰花園　黑夜一樣的頭髮／覆
蓋了白雪隆起的乳房。

——〈十四行：玫瑰花〉

你既然不能做我的妻子／你一定要成為我的王冠／我將和人
間偉大詩人一起佩戴／用你美麗葉子纏繞我的豎琴和箭袋。

——〈十四行：王冠〉

但你的四次失戀是多麼沉重，對敏感易傷的你來說無疑是四
次心靈的地震，你的愛情陣地一片廢墟：

抱著昨天的大雪／今天的雨水／明天的糧食和灰燼／這是
絕望的麥子／請告訴四姐妹：這是絕望的麥子。

——〈四姐妹〉

5

在夜色中／我有三次受難：流浪、愛情、生存／我有三種
幸福：詩歌、王位、太陽。

——〈夜色〉

1988年2月28日晚上，你寫下了這首簡短的〈夜色〉，三句
話構成了你的一生，自撰了墓誌銘。1988年2月28日的夜晚，我

在哪裏？我應該在天目山腳的稻田中央安睡，完成少年的一個夢境。那麼，有誰聽見你心底的坍塌聲？

6

海子，在受難中涅槃的海子。
海子，用孤獨和神對話的海子。
海子，以王者的名義馳騁文字的海子。
海子，依偎太陽取暖的海子。

7

1989年春天，海子在山海關臥軌自殺。

　　海子，我還記得1989／山海關，那一場終極行為藝術／你把自己分成兩段，一段去了天堂／一段散落民間。

　　　　　　　　　　　　──〈在秋天種植麥子〉

一隻鳥的世界

1

2008年春天以來，我一直生活在一家店鋪裏，店鋪在浙江西部一座城市的中心，那裏有各種各樣的東西出售，店鋪一家挨著一家，更多的是高高低低的花木，它們總有一些開著花，還有就是我們這些嘰嘰喳喳的傢伙，整日整日在聊天，和那些此起彼伏的討價還價聲一起讓這裏的每一天都喧鬧無比。

你一定很詫異於我的快樂的敘述，一個被關在籠子裏的傢伙怎麼會這麼開心呢，事實上籠子是一種表象，我知道那些仰望著我們的人也同樣活著籠子裏，一隻無形的籠子。有時候，城市就是一隻籠子。

在這個被稱為花鳥市場的地方的確是我們的樂園，那麼多兄弟姐妹生活在一起夠熱鬧。每天黎明一醒來，我就可以看見屋簷下那些鱗次櫛比的籠子，彷彿一個規模龐大的別墅群。美味的食物會準時抵達面前的盆子裏，吃飽以後，我們就開始唱歌，一首一首地唱，累了就看看那些次第綻放著的花朵。這裏每天都是春天。

2

有一天一個小男孩在我面前站了很久，一直站著不說話，直到我唱完了十首歌，他才歪了歪腦袋，說，小鳥，你從哪裏來的。

　　我一下子愣住了，低頭啄掉了爪子上的一顆粟殼，抬頭去看天空。天明朗著，但我不知道我從哪裏來。我已經淡忘了我所有的往事。我找不到回家的方向。我努力想著，只想起朦朧的一隻鳥巢，和母親時常挾來的蟲子，那些蟲子的是否美味也已經忘記，我已經習慣了眼前的食物。

　　小男孩不知什麼時候走了，我還在努力回憶，清了清嗓子，我很清脆地叫了幾聲，但記憶並沒有被喚醒。

3

　　夏天快要過去的時候，一隻手將我的籠子從屋簷下提下來，我感到了失重，同樣我已經習慣了那樣的高度，我不習慣在人的腳下，一種不安全感籠罩了我，於是我和同居的小白一起恐慌地叫起來。

　　我一直叫著，直到缺氧才停下來，我感覺自己眼冒金星，羽毛一直顫抖著。我驚魂稍定的時候，看見一張小女孩的臉，那是一張被曬黑但仍然可愛的瓜子臉。她把臉貼得很近，輕輕地叫了兩聲：小鳥，小鳥。

　　小女孩提起籠子開始奔跑，風在我的耳邊鳴響，我感覺自己要飛起來，於是我張開翅膀，但我只在風中打了個趔趄，就落在橫杆上。

　　在被動地奔跑中，我看見我們在奔向一輛白色的轎車，一個瘦高的男人在車旁微笑地看著我們，小女孩叫著爸爸、爸爸，那個男人打開車門。

　　世界一下子又安靜了，有音樂在流淌，那是一個男人低沉的歌聲。車子開動了，我忽然在歌聲中心靜如水。

儘管我不知道要去哪裏。

4

我在頂樓的窗外再一次看見了樹，那是幾棵高大的柏樹，樹葉在風中緩緩地搖曳。

抬頭看看天空，這一次我準確地找到花鳥市場的方向。不遠，那裏的氣息通過風讓我親切。那些兄弟姐妹的氣息。我知道或許我永遠見不著他們了。我輕輕叫了兩聲，看見淚水無聲地落在爪子上。

5

這是一戶三口之家。那個瘦高的男人總是在早餐之後夾起包出門，有時候看見我，他會停一下，低頭看下我們面前是否還有水和粟米，然後對著我們說聲再見，我聽見他下樓的腳步聲，接下來是車子引擎發動的聲音。

女主人總是在屋子裏忙碌，切菜、洗衣或者是訓斥那個叫然然的小女孩，讓這裏生活的聲音一直響著。

那個小女孩呢，整天埋在玩具堆裏或者下樓去瘋跑。在我們剛剛抵達這個頂樓時，她連吃飯都看著我們，幾次把手伸進籠子，抓住我和小白的腳，一把拖離橫杆，於是我們一同尖叫起來，那個女主人就從廚房或者衛生間聞聲出來，訓斥起來，這樣幾次之後，她終於煩了，將我們掛到陽臺的屋簷下。

我又回到了熟悉的高度，不，是更高的高度，我感覺自己站著也在飛翔。

6

當我們重回高度之後，我和小白變得快樂起來，我們不再鬱鬱寡歡，窗外樹上也有鳥兒。這些新認識的兄弟比我們起的更早，他們總是在黎明就開始歌唱，把我們喚醒，我們一起歌唱。

我們的歌唱引來了主人們，看來出來，我們的歌唱讓他們也很高興。

這兩隻鳥可以養了，女主人說。

爸爸，他們叫什麼名字，小女孩仰頭看著那個男人。

那個瘦高的男人想了想，指著我對小女孩說，這只是鳥爸爸，他的羽毛很漂亮，就叫花花公子。然後指指小白說，這只鳥媽媽，全身白色，就叫白雪公主。

花花公子？白雪公主？

我和小白對視著，相互看看羽毛，然後歡叫起來。

從今天開始，我的名字叫花花公子了，各位。

我對著窗外開始宣告。

新父親手記

> 我想對世界上的每一位小女孩微笑

> ——題記

　　2004年6月23日早晨，我坐在臨安人民醫院手術室門口的陳舊座椅上等待小天使的降臨。黃色的固定式座椅承受了許多準父親的焦急和興奮，讓人難以安靜。妻子在半小時以前推進去，悄無聲息地消失在手術室門裏。

　　我望瞭望那扇門，依然安靜地緊閉著，就像一位熟睡的老人，緘默而祥和。是的，我感覺它是祥和的，我相信我的小天使會順利地降臨。

　　門上有兩塊不大的玻璃窗，可以看見裏面的走廊。走廊上也很靜，空無一人。

　　幾位親友和我一起等待，他們也都較年輕，但已為人之母。他們的到來讓我倍感輕鬆。母親和岳母在不遠的家中等待我們的召喚，我們一致認為她們對手術室外的等待缺乏經驗，會產生莫名的焦慮，於是決定在聽見天使的啼哭，再告訴她們驚喜的消息。

　　依然很安靜。身邊的親友在低聲談論有關生育的話題。我把目光游離靜默的門，看著前方。

　　這是一個初夏的早晨，天氣晴朗，我的耳邊響起〈豔陽天〉的旋律，讓我感覺很喜氣。初夏的陽光輕輕地灑在前方拐角的一

個大陽臺上，那裏支著許多竹架，上面曬著洗得很乾淨的手術衣。草綠色的手術衣在陽光裏，很有些聖潔的寧靜。陽光好得像絲織的，看得見絲絲縷縷。

去年10月，也是一個好陽光的日子，我和妻子去了香港。妻子玩得很開心，有些不知疲倦。回到車上卻說感覺有些不適，拿了瓶風油精猛搽（其實那時已經懷孕了，只是還不知曉，現在想來，對那風油精有點後怕）。

次日去淺水灣的一座廟宇，那裏有座送子菩薩，據說很靈驗，妻子就嘻嘻哈哈笑著，摸了又摸。

同行的一幫人都笑談她的求子（女）心切，還有人說這麼貪變地摸要生雙胞胎的。我開玩笑回應一句：如果靈驗的話，我再飛來一趟謝恩。

回來後，妻子去醫院一查，果然是有了，都說菩薩面前無戲言，於是買了香燭托剛好去香港的朋友代為拜謝。

手術室的門依然緘默，天氣好像熱了些，禁不住挪了挪屁股，椅子吱嘎響了一聲。

起初的一段時間是毫無感覺的，儘管知道那裏正孕育著一個新生命，就像面對一處尚未探測的寶藏，地面上風平浪靜，讓人興奮而又無從入手。

3個月的時候，我陪妻子去醫院檢查，中年女醫生用一隻喇叭樣的東西在已成為小丘狀的肚子上探索，我在旁邊木偶一樣站著。

在繁雜的聲音裏忽然就聽見了心臟跳動的聲音，越來越清晰，越來越響亮。「這是孩子的心跳」妻子興奮得大叫起來，聲音忽然消失了，我莫名地緊張起來。幸好「喇叭」動了幾下，聲音又依舊。

　　我無比感激地望著那只擴音器。是的，這是孩子的生命之音，就像來自大地深處。一顆種子已經發芽，已經有了屬於自己的聲音。

　　那一刻，我激動得想寫首詩。

　　手術室的門吱呀一聲響，我一驚，幾乎要跳起來，卻只看見一個男醫生空著手出來，走進旁邊的房間。

　　有人遞了零食過來，是乾吃奶片，嚼了幾下，才發覺還沒吃早飯呢，肚子越發餓了。

　　那個早晨，也還沒吃早飯，還躺在床上，晨光透過窗簾的縫隙照亮了房間。

　　我正準備起來去上班，妻子忽然把手放在肚子上說，另一隻手拼命對我揮舞：動了動了，摸得出來了！

　　我趕緊把手俯上去，一個圓圓的疙瘩很快地滑過手心，倏然不見了。

　　妻子和我爭論那是孩子的手還是腳丫。我下意識地握拳撫著手心，感受這種異樣的溫柔。

　　這是來自真實的觸覺，只隔了一層皮膚，雖然只是調皮的一刹，卻讓我有了準父親的幸福。

　　後來我們知道了肚子裏的寶寶是個女孩。後來她越來越不安靜，會從肚子的這邊遊到那邊，會把她的母親踢得叫起來。

　　黃昏的時候，我和妻子到廣場溜達，看見小女孩，我們的目光變得無比溫柔。我會自然地伸出手，摸摸她們的腦袋，對她們說：hello。

　　我們的家中開始堆滿嬰兒用品：色彩鮮豔的衣服、推車、卡通的小被子、嬰兒床……

　　我們的床頭掛著漂亮的兒童照片，時不時看幾眼，據說有益胎教。

　　我們的房間裏整天流淌著世界名曲的旋律，也是為了胎教。

　　我們的床邊，早早地擺好了嬰兒床，我們會一起扭頭去看，想像著女兒在那裏嬉鬧。

　　……

　　一聲嘹亮的啼哭傳來，打破了寧靜。門開了，戴著口罩的護士抱著渾身粉紅的嬰兒向我們走來，我看見女護士眼中的微笑。

　　我們一起站起來，迎接小天使的到來。

　　陽臺上的陽光更明媚了。

衢州，衢州

老太爺走了一個多月了。

以前老太爺都坐在院子裏，一棵廣玉蘭下面，旁邊的水泥座凳上放著一杯茶，他一般都在讀報紙，當天的《衢州晚報》。

看見我的車子緩緩地停下，他便利索地站起來，搬來另外一條陳舊的竹椅，看著我坐下就遞過晚報，自己拿起另一份《老年文摘》。做這些的時候，他早已遞給我一根煙，大多是利群，偶爾是中華，他自己卻是抽5塊一包的。

只要天氣晴好，我都這樣陪老太爺坐上一陣子，透過樹蔭的斑駁夕陽落在報紙上，我們幾乎沒什麼對話，各自看著報紙。放學的女兒會帶著一群小朋友過來騷擾下，甜甜地叫上幾聲老太爺，這時候，老太爺總是從口袋裏摸出點吃的，悄悄地落在季節的掌心。

這就是我的衢州時光片段，衢州的祥和與閒適在一個小院子裏釋放。老太爺只是我的一個鄰居，我不清楚他的身世，只知道是一名普通的鍋爐工，地道的衢州人，從市中心拆遷安置到南區。

老太爺前幾年再一次結婚，80多歲的年紀高興地像個孩子，見人就發糖，新娘是她的保姆，比他年輕30歲。

起初我們都為他的夕陽紅高興，但很快發現這個鄉下保姆是個摳門的女人，老太爺的飲食開始惡化，鄰里也開始有些不愉快

地插曲，但我們都明白一份家業的不易，一如既往保持對老太爺的尊敬。

我離開衢州的時候，老太爺有些不捨，我們從樓上一趟趟搬行李的時候，他一直在旁邊看著，想幫手又幫不上，想說什麼又說不出來，他躊躇了一會兒，回到屋裏，然後手上拿著什麼走過來。

他遞給我一袋人參。

我說什麼也不要，這樣的滋補品都是晚輩孝敬老人的，怎麼能收老人的呢？更何況，一般人家都把人參當寶貝放著，輕易不捨得吃，給了我了，他的妻子心裏決然是不痛快的。

但他執意要給，推讓中，他猛地不高興了，用衢州話說了句什麼，然後用力把人參塞進行李堆裏，轉身走開，站在廣玉蘭下舒心地笑著。

我們只好收下了。

後來又去衢州，特意去看了老太爺，他高興啊，又回屋去拿東西，我們趕緊告辭。

想不到這就是永別了，過了個把月，就聽說老太爺過世了，讓我頗為遺憾，這個紅光滿面的老爺子怎麼就走了呢，還想過了年備上禮好好地去看他一次。

回到院子，回到廣玉蘭下，沒有老太爺的院子一下子顯得空曠了，連他的家都變得空蕩蕩地，他的妻子還在，但很快就要離開了，妻子和她在說話，她一直在說財產什麼的，我原本想去老太爺墓前上柱香，忽然就沒了心情，只好對著老太爺的遺像說：

老太爺，我來看你了。

關於鐵軌的隨想

我在蕪湖的寄身之處是一個別墅園,那些自成一體的別墅立在城市中心,有著紮根一萬年的沉穩和氣度,這些別墅的主人沒有一個不是大忙人,於是平日裏這個地方安靜得很,遠沒有一般小區的喧鬧,只能看見一些保姆,讓這個地方的人物變得神秘,這樣的居住是靜謐的,也很有世外桃源的安居意味。

但這個別墅園毗鄰著火車站,每天晚上火車都近距離地駛過我的夢境,在我的清晨留下鐵軌的餘影,如果我恰好醒來,就可以聽見汽笛的聲音慢慢地遠去,我總是靜靜地聆聽著,直到汽笛聲完全消失。彷彿是一位遠行的朋友的召喚聲,一聲聲遠了,然後返回我的記憶裏。

鐵軌和火車是遠方和遠行的喻指,而別墅是停留和沉靜的召喚,我的狀態就這樣被兩者吸引,它們同時對我吹響號角。

家鄉沒有鐵路,兒時對遠方的概念停留在最遠的山頂上。這種概念是一種理想式的,沒有明確的引線和落點。第一次看見鐵軌的我興奮異常,這兩條金屬直線是現實性的遠方,可以及時實現對遠方的叩訪,就像童年理想和成年目標的關係,一個高不可攀,一個努力企及。

19歲出門遠行,那是我第一次青春的叛逆,遠方對我的誘惑讓我偷逃出父母的羽翼,然後登上火車,開始毫無目的的南方之旅。

　　那個異常炎熱的夏天註定成為一生的轉捩點，那是一個世相的窗子，在我面前豁然打開。貧窮與富有、卑瑣與傲慢、暴力與隱忍、狂笑與痛哭，在上海至廈門的火車上紛紛上演。一列火車就是移動的舞臺，上演著社會悲喜劇。我是臺上的旁觀者，眼睛裏寫滿驚恐與不安。

　　這場往事沒有讓我對遠方喪失熱情。當社會萬象的面紗被猛地揭開，我知道遠方有行走的障礙，但遠方的神秘風景依舊在召喚我好奇的心靈。

　　我開始了行走的人生狀態，它的起點就是那場盲目的旅行，但真正開始行走，我的行囊裝滿計畫和信心。

　　城市是我的站臺。這個句子讓我豪情萬丈，很多的時候，我驅車在江南大地上，感覺自己就是一列火車，行駛在自己的鐵軌上。這是我與遠方的宿命。

聆聽文學的聲音

　　房間裏有幾架書，蟄居的小屋便有了書香。因為個人喜好，文學書籍占了多數，圈外的朋友來訪，目光總是匆匆滑過書架，圈內的朋友則細細的看過每個角落，而後聊起關於文學的話題。

　　不止一次在報刊上看到對當今追求文學的評價，把它比作「有些奢侈的古典式浪漫情結」，這般看待文學讓我不敢苟同。為一句好詩而歡呼的時代已遠去，文學已退去浮躁，重返藝術本體，但文學不會因此而退化，反而會在冷靜中過濾沙塵，重現清澈。

　　面對文學，我無法為自己尋找藉口逃避與退縮，不敢對它的存在價值有絲毫的輕蔑與不恭。或許我無法為文學而吶喊，但文學在尋找和等待聆聽的耳朵，那麼我們就做一個虔誠的聆聽著，聆聽來自文學的聲音。

　　那些文學大師的名著不正是氣勢宏大的交響樂嗎？那些震撼人心的旋律曾無數次撥動過我們的心弦，讓我們無法忘卻，它們的存在超越了時空的界限，過去、現在與將來。

　　那些雋永的散文不正是文學家園的無數條溪流嗎？它們是天籟，是緣於散文家生命本體的音樂，茹笙之亮麗、管之沉雄、笛之清越、簫之悠遠。

　　我們不會淡忘《烏篷船》那種水自流、花自開、雲自行的平常心，《秋天的童年》那種「稚子就花拈蝴蝶」的率真，《荷塘

月色》那種雪裏尋梅，愛楓停車，閒對棋坪，靜夜吹簫的沈著典雅。

　　我們更不會忘卻詩歌，它是怎樣的讓我們心潮澎湃，「大江東去」也罷，「曉風殘月」也罷，見文如晤。在詩歌中，他們就如在為我們淺吟低唱。是詩歌讓我們走進古今人物的精神家園。

　　我們是浮雲，只能仰望文學的峰巒，我們心懷一份虔誠，聆聽文學的聲音。

電影筆記

1972的中國生態

——看安東尼奧尼的紀錄片《中國》

　　米開朗基羅・安東尼奧尼（Michelangelo Antonioni），義大利現代主義電影導演，也是公認在電影美學上最有影響力的導演之一。以《情事》（1960）、《夜》（1961）、《蝕》（1962）、《紅色沙漠》（1964）感情四部曲的拍攝，奠定了他作為電影國際大師的地位。

　　1972年5月，安東尼奧尼受中華人民共和國政府的邀請，在文革結束之後訪問中國。用22天時間跨越北京、林縣（今林州市）、蘇州、南京和上海，拍成紀錄片《中國》（Chung Kuo - Cina），但是該片卻被中國當局以「反華」與「反共」為理由嚴厲譴責。這部紀錄片在中國的第一次放映是2004年11月25日在北京電影學院，紀念安東尼奧尼影展。

　　對於這樣一部影片，我有必要先如此介紹一番背景。因為這背景裏面幾個重要元素直接影響影片的誕生和質量，文革末期、官方邀請、大師視角、國家記錄……這樣的複雜元素註定這本影片會是一個複雜的產品。

　　首先因為官方邀請元素，我們看到了許多歌舞昇平、幸福狀態的場景：那些學校、工廠、幼稚園、包括公園，人們整齊有序地做操、跑步、工作，臉上洋溢著幸福、自信的笑容，兒童們天真爛漫，歌聲清脆嘹亮；紡織廠女工下班後學習毛主席語錄，討

論當前形勢。甚至還有表現國家醫療水平的針灸麻醉、剖腹產手術。這樣的國家形象記錄肯定是重頭戲。

但大師視角決定了他不會只關注形象工程，他會下意識地把鏡頭對準自然生態，於是我們就在片中看到了非幸福生態：一個「違法」的集貿市場，人們惶恐不安地帶著自產的糧食、家禽和食品在那裏做買賣，市場紊亂，這樣的鏡頭與另一組北京某大商場的琳瑯滿目的盛況，形成鮮明反差。

還有農村那些羞澀的眼睛、不安的肢體，這是封閉國家的注解，面對一隻老外的眼睛，他們不知道該去怎麼面對。

這也是該片被以「反華」與「反共」為理由嚴厲譴責的原因。

大師視角的另一重點是中國的文化，當鏡頭面對蜿蜒的長城、方正的城樓、太極拳、街頭武術、木偶戲、雜技表演，鏡頭語言明顯熱情，體現出讚美的意味，而不是零度敘述。

影片在學生運動會運動員「友誼第一，比賽第二」的口號中結束了，對於安東尼奧尼來說，這是處理是很有寓意的，一是表現「口號中國」，二是希望中國與世界「友誼第一」，三是希望中國走向活力中國。

讓我們敬仰大師吧，他在那樣苛刻的限制條件下，依然努力為我們記錄1972年的中國公民生態，讓我們看到那個時代罕見接近真實的時代生活影像，儘管片子僅是生活層面的影像，還明顯有倉促的痕跡，但這已足夠，足夠讓我們有理由為大師喝彩。

愛情的時代反差

——解讀《李米的猜想》

　　這個急劇變化的時代，愛情的表徵也在蛻變。

　　《李米的猜想》把這個蛻變週期設定為四年，四年前計程車司機方文與李米的戀愛保持著傳統因素，他們的單純之戀受到了李米父母的反對，血氣方剛的方文負氣出走。

　　李米的猜想諾亞方舟就拋錨四年前的碼頭上。這位的姐把方文的照片夾在雜誌裏，向每一位乘客打聽，開始了大海撈針的尋找。她的動力來自於方文的信，那些沒有寄件地址的信，如同天外之音，讓她迷茫而期盼。

　　方文終於出現，但這個時候他叫馬冰，這位曾經夢想開家超市的青年已經是一名毒販，面對李米的激憤冷若冰霜。

　　做為販毒者，方文的結局是拒捕中跳下天橋摔死。李米在對愛情絕望之時看到方文留下的攝像，原來方文依然愛著李米，像一個隱身人一直關注著李米。

　　方文內心和行為的決裂反映這個時代的生存壓力與精神壓抑。他的物質追求從「超市」到「橫財」的變化象徵了時代的信念異化。他已經無法擁抱自己的愛情，儘管李米近在眼前，儘管愛情的諾亞方舟就在碼頭上召喚，但他已經無法靠岸。

　　而王寶強飾演的農村貧困青年裘水天把愛情的時代座標又往後退了20年，這個單純又愚昧的小夥子為了暗戀的女孩參與販

毒，這位犯罪分子一點都不窮兇極惡，他不知道自己走上不歸路，在看守所還惦著那個不知在何方的小香。

這樣的底層人物也許就在我們生活的城市裏大量存在。

裘水天式愛情、李米式愛情、馬冰式愛情，正是三個不同時代的愛情座標，從第一類到第二類走過了20年，從第二個到第三個只用了四年，愛情的表徵蛻變讓我們感歎又無奈。難道當下就沒有李米式愛情生存的土壤了嗎？

李米是當下市井女孩的典型人物，她們在為生活而努力的時候表面上有些玩世不恭（比如李米的抽煙），但骨子裏她們堅守或等待著屬於自己的傳統式愛情。就像珍藏學生時代的照片。而方文也是當代普通青年的代表，在沒有家業沒有專業的背景下，怎麼讓自己向理想靠近？很多人選擇了捷徑，但越走越遠。

也許你讚揚李米對愛情的守望，但李米在終結這場守望之後，她的愛情又能安放在哪裏？她能再次迎來諾亞方舟的起航嗎？

孤獨深處的故事

——解讀王家衛《重慶森林》

孤獨到了深處，孤獨就成了盔甲。

《重慶森林》不是描述重慶市生態環境的宣傳片，而是香港導演王家衛在香港重慶大廈拍攝的新生代電影，反映香港人在水泥森林中的孤獨和渴望。

《重慶森林》是一本詩歌化的電影，這裏的詩歌化不是指詩情畫意、唯美。而是大量運用了符號化的喻指，林青霞飾演的女殺手一直戴假髮、墨鏡，穿雨衣，這身永遠不變的行頭「足以用來對付白天黑夜、雨天晴天」，就是喻指「人的盔甲」。警服、空姐制服都是符號化的表達，失戀員警223每天一罐的鳳梨罐頭也是一種符號。

詩歌的跳躍在影片中也不斷被運用，王家衛用獨特的臺詞完成了這種跳躍的過渡。這些臺詞也成了王家衛電影的符號，如果你對《大話西遊》裏的臺詞念念不忘，請仔細欣賞《重慶森林》的每一句話，你會發現周星馳只是一個優秀的模仿者。

人生的偶然性在影片中被淋漓盡致地表達出來，員警223說我要愛上下一個進來的女人，然後就遇上了女殺手。員警663泡上空姐，但空姐又「中途轉站」了。員警663與速食店女孩約會加州，一個去了加州酒吧，一個去了美國加州。

每天你都有機會和很多人擦身而過，而你或者對他們一無所知，不過也許有一天他會變成你的朋友或是知己。

　　我以為會跟她在一起很久，就像一架加滿了油的飛機一樣，可以飛很遠。誰知道飛機中途轉站……

　　這兩句臺詞幾乎是對人際關係不確定性的總結。這樣的結果就是最後的迷茫：

　　你想上哪兒啊？
　　隨便啊，你說去哪兒就去哪兒

　　《重慶森林》的場景時間基本發生在午夜。午夜是抵達孤獨深處的時間，這個時候人的壓抑開始通過各種形式釋放。女殺手的做法是把自己物化，通過偽裝和麻木變成強者。而員警663的方式是選擇與物品對話，讓家裏的每一件物品充滿人性，從而消解自己的孤獨和對生活的失望：

　　我不知道是不是我上班的時候忘了關水龍頭，還是房子越來越有感情。我一直都以為它很堅強，誰知道它會哭得這麼厲害。一個人哭，你只要給他一包紙巾，可是一個房子哭，你要多做很多功夫。

　　《重慶森林》是王家衛反映自己剛移民香港時心境的「自我作品」。這樣的心境在當下的大陸四處彌漫，無論你是員警、空姐還是速食店打工仔，你都無法逃避這種心境的困擾。

藍衣裳，花衣裳

——解讀賈樟柯《24城記》

　　國內的導演中，我最關注的只有兩個人，一個是姜文，另一個就是賈樟柯。

　　對於賈樟柯的電影是不用劇情描述的，這部《24城記》也是，成發集團（420廠）不同年代的工人以及他們的子弟面對企業轉型的態度，構成了一個企業的內部評價，從老一代的信仰和惋惜，到新一代的突圍和憐惜，時代變化在普通人心理上的影響脈絡清晰。

　　賈樟柯的男性視角在《24城記》中徹底改變，對於大型企業的審視，女性視角會豐富和細膩些，於是賈樟柯就選址了三代廠花的傳代敘述來表現。第一代大麗忠誠、保守，對新時代企業管理方式的不解，一直生活在企業的光環裏；第二代小花清純、憧憬，對新生活的試探和無奈，她沉浸的是自己當年的光環；第三代娜娜反叛、時尚，對工人父母的代溝與憐惜，她追求的是新時代的城市光環。賈樟柯對社會的理解終於趨於完整，在《24城記》中，其他幾代男性工人或子弟的自述，實現了雙重視角，使我們的解讀變得輕鬆。

　　有人說，《24城記》是偽紀錄片，我覺得本身定位就應該是「心靈紀錄片」，影片側重的是對大企職工的心靈史的記錄，而不是純粹的歷史紀實。那樣的話也用不著賈樟柯出手，新聞廠完全可以拍出更優良的作品。

　　《24城記》是一部沉穩的影片，沒有賈一貫的游離態表現和《三峽好人》中的超現實手法，片中只是穿插了一些現代詩句，對影片的敘述進一步提煉與闡釋，這種手法的轉變說明了賈樟柯電影在保持自己獨立性的同時開始變得沉穩，不再是形式上的犀利，而是讓犀利在沉穩中直達內心。

　　當然，《24城記》中專業演員的表演總感覺有些突兀，他們的逼真表演在真實人物中反而失真。還有就是賈樟柯一直喜歡的「定格留影」手法在片中運用過多，使片子顯得拖遝。

　　如果用一句話精煉總結對《24城記》的解讀，我想是「藍衣裳、花衣裳」，這是影片的核心圖解，也是像我這樣從國企走出來的人們的人生圖解。

戰爭是靈魂缺席的演出

——《南京！南京！》觀後

　　戰爭，註定是一場靈魂缺席的演出，無論它以怎麼樣的名義面世。

　　《南京！南京！》再一次回眸南京淪陷，帶領我們回眸的是一位名叫陸川的年輕人，他拋開前輩們的講述方式，不再咬牙切齒，不再悲痛欲絕，而是很安靜地述說。

　　一位叫角川的日本兵隨著大部隊攻入南京，在廢墟般的城池裏他們遭遇了一次小小的抵抗，儘管抵抗很快被鎮壓，但他們還是有些惶恐，在進入教堂搜查時與上千中國人對峙。但很快就發現中國人已經放棄了抵抗。

　　意識到戰爭已結束的日本軍人開始把南京變成自己的遊樂場。但死亡之神不再隨時光顧，這些戰爭倖存者的靈魂也隨之缺席，他們以各種方式來享用自己的戰果，用放縱的狂歡來回報自己在戰爭中所經受的恐懼和歷險。

　　角川是位相對純樸的年輕人，他在參與這場狂歡的過程中，心靈不斷受衝擊。中國平民的哀鴻遍野、軍妓百合花的慘死讓他對戰爭的意義開始迷茫，他覺得自己的靈魂開始脫逃，他試圖抓住自己的靈魂。

　　而對於戰爭失敗者，中國民眾的表現同樣是一場靈魂缺席的演出。

教堂裏那麼多的人完全可以贏得一次勝利，但他們知道這樣的勝利只是暫時的，這些網中的魚不再掙扎，等待著自己被提出水面。這樣的放棄是生存的本能，更是一種精神的崩潰。

拉貝的秘書唐先生一直有著第三方的優越感，以至於他身邊的人也有這樣的局外人的感覺。但拉貝的離開讓唐先生一下子淪為難民。陷入恐慌的唐先生做了回漢奸，但他的討好沒有在混亂的日軍面前獲得保障，女兒和小妹相繼遇難。萬念俱灰的漢奸終於恢復漢子的形象，用阿Q精神做了回勝利者，笑對死亡。

在所有失魂落魄的人群中，中國軍人陸依然保持軍人本色，從抵抗到被俘、被殺，所有的過程乾脆俐落，沒有虛偽的豪言也沒有軟弱的求饒，用沈默表現了一名軍人的品質。

但所有的靈魂已經遠離，他們在哪裏重現？

我們在拉貝他們身上看見了靈魂，作為局外人的拉貝不願這樣血腥的演出繼續，他開始介入，當他知道自己無力制止時，唯一的方式是讓更多人離開演出現場。但他的努力最終還是失敗，他只能選擇離開。

陸以死亡來守衛靈魂，唐先生以死亡來找回靈魂，角川以自殺來拯救靈魂，拉貝以拯救來回應靈魂，在戰爭現場，沒有誰是真正的勝利者。

有人批評《南京！南京！》情節支離破碎，人物沒有重點。我覺得這是對戰爭沒有真正理解。戰爭會讓每個人成為主角，所有的情節都是戰爭的重要敘事。面對戰爭這樣的宏大主題，誰也無法逃離。

《南京！南京！》帶有明顯模仿《辛德勒名單》的痕跡，但這樣的模仿已經抵達一定的高度，讓中國影片在講述抗戰題材在

《鬼子來了》之後再多一面旗幟，這樣的旗幟只有理性的思想者才能撐起。

　　當然，影片的結局還是讓人遺憾，導演的意圖是表現倖存者的快樂和希望，表現民族的延續和未來，但這樣的表現於影片的總體有些失衡，與角川的自殺放在一起還是有些不妥，在淪陷之地，用弱者的生存和強者的自殺來表達還是明顯缺乏合理性。

戰爭狀態下的人性轉化

——評姜文作品《鬼子來了》

這是我迄今看到最優秀的國產影片。

影片講述了在河北日戰區一個叫掛甲台的小村子，一名叫馬大三的村民在偷情最歡愉的時刻，被人用槍頂著腦門，送了份禮物——兩個日軍俘虜說是5天後來取人。這兩顆燙手的山芋讓馬大三沒了主意，去找村裏的權威人士——五舅姥爺，但五舅姥爺只會嘀咕「是福不是禍，是禍躲不過」，馬大三只好自己來對付這兩個「客人」。

馬大三的生活開始變得戲劇化，他的智慧也被充分的激發出來。日本俘虜要自殺，他就把他們用棉被綁成「粽子」；日本俘虜聽見炮艦呼救，他就跑到屋頂大喊，測試聲音距離；日本兵追雞接近關押俘虜的地窖，他就殺雞招待，並巧妙的召來孩子們製造噪音……

送他禮物的人並沒有按時取人，而這時候他已經江郎才盡，沒有精力鬥智了，村人的懲惡和抓鬮的結果都讓他選擇幹掉這兩個人，但善良膽怯的山民本性讓他手軟，他只好再次把他們關在長城裏養起來。

但危機又不斷出現。日本俘虜教到長城玩耍的小孩說日語「日本兵在長城裏」，差點就成功了。恐慌的村民再一次逼迫馬大三。這個時候一直希望以死殉國的日軍俘虜花屋求生心切，希望用兩車糧食換取自己回到日軍隊伍。村民被糧食吸引，一致贊同。

　　影片故事的推進開始抵達高潮，日軍按約送來糧食，並且獎賞了四車，狂喜的村民與日軍一起聯歡，一幅「大東亞共榮」的喜慶場景。但得意忘形的村民與冷靜的日軍軍官撕裂了歡樂，日軍再次屠殺，村莊被毀，只有去接情人的馬大三倖存。

　　日軍投降，為村民報仇的馬大三拿著板斧衝進俘虜營，砍殺日本人，因為破壞波斯坦條約而被自己的國家正法，死在曾朝夕相處的日軍俘虜花屋的刀下。

　　這本電影最出色的地方是故事的推進相當有力和豐滿，在故事的推進中，各色人等的人性在不斷轉化。善良的馬大三成為殺人者；講究信用的日軍軍官在村民的狂歡裏看到自己的失敗，違反投降令再開殺戒；俘虜花屋從自殺殉國到求生；村民從極度恐慌到得意忘形……

　　這樣的轉化隨著故事推進不斷出現，把戰爭這個特定狀態下的人性挖掘得很成功。影片有兩處特意設置了喜劇色彩，一處是大年三十晚上，俘虜花屋精神恍惚中對村民的恐懼，他感覺到一群披著棉被的村民正揮舞著刀來取他的性命，我覺得這是對文化差異的闡述，崇尚武士道精神的職業軍人對中國農民的行為極度不解，用棉被綁人這「善意」的行為對他來說是極大的侮辱，是最有效的折磨手段；第二處在結尾公審馬大三時，嚼口香糖的美國兵、滾落山坡的圍觀村民、竄進公審現場的豬等等，這些細節製造的喜劇效果無疑是表現村民對這種場合的喜劇心理，他們沒有為英勇的馬大三而鳴不平，而是看一場砍頭遊戲，這樣的喜劇化給人心裏狠狠一擊，留下深深的刺痛。

　　片中兩名俘虜：一位日本兵、一位漢奸翻譯的不同表現也很耐人尋味，一個要激怒馬大三求死，一個要討好馬大三求生，

於是出現了花屋使用「大哥大嫂新年好，你是我的爺，我是你的兒」這樣的「狠話」的場面。而翻譯讓日軍軍官不要履行送糧契約時，日軍軍官卻堅持履行契約。

　　《鬼子來了》對戰爭狀態下人性的表現已經開始和國際接軌，已經向《辛德勒名單》這樣的影片學習。當然影片還有很多問題，比如對人物衝突還是過於戲劇化，一些衝突還是不夠節制，有點往極端推進的痕跡，部分演員的表情還是有些有力過猛。但無疑，《鬼子來了》已經是中國國產最優秀的戰爭片，成為新高度的一面旗幟。

職業謀略的勝利

——解讀黑澤明作品《七武士》

　　說來有趣，看《七武士》看出了管理的藝術。

　　日本一個滿目荒涼窮山惡水的山村裏，一群屢受強盜擄掠的農民，尋找武士來保護他們的村莊。在一番尋曆之後，勘兵衛、久藏、勝四郎、五郎、七郎、平八和菊千代七位武士進駐村莊。農民在骨子裏卻看不起武士，並且暴露出自私、膽怯、慌亂的一面。在為首武士堪兵衛的管理下，這樣的一個弱勢群體被組織起來，完成了防禦工程和戰術訓練，他們在七武士的領導下，消滅了這群山賊。七名武士中陣亡四名，枯山上豎起了無數新的墓碑。

　　導演黑澤明雖然意圖將這部片子拍成徹底的娛樂動作片，但事實上，整部作品仍充分流露著黑澤明式的人道精神。至於七武士的性格塑造，整體而言可說詮釋得相當成功，尤其是飾演堪兵衛的志村喬，將這個角色的智慧與成熟魅力發揮得淋漓盡致。

　　同樣的資源，被堪兵衛這位職業武士一利用，局面完全改變，那群窮兇極惡的山賊在分解戰術之後也變得缺乏戰鬥力，這是一場謀略的勝利。最後的畫面是四武士的墓塚和農民的歌聲。

　　這是職業經理人的驕傲還是悲哀？

　　驕傲也罷，悲哀也罷，這是職業經理人的職責和追求。

鄉村最後的守望者

——看韓國電影《有你真好》

《有你真好》看得我淚流滿面。

一位生活在漢城的32歲女人把8歲的兒子帶回大山深處的老家，托給自己的母親，帶一段時間。在大山深處貧瘠的山村裏，一個城市的孩子與一位年邁的外婆如何相處？

影片沿著這條線沉穩地推進。小男孩對駝背又啞巴的外婆一直抗拒，厭惡鄉村生活。生活方式帶來的矛盾衝突一連串出現，小男孩的無禮舉動沒有消解外婆的愛，終於在外婆生病時體會到關懷的溫暖。

當親情在他虛榮的心中復甦的時候，母親把她接回漢城。

外婆獨自一人返回簡陋的巢。

這部表達親情、表達城市與鄉村衝突的影片是我迄今看到最優秀的，沒有任何煽情的鏡頭，語言也精簡到最低限度。外婆以手勢來表達自己的寬容和愛，反襯出孩子的無禮和刻薄。這位小男孩身上集中了所以城市性格元素：虛榮、自私、高傲、對品牌的依賴……，這些元素在鄉村環境裏表現得異常尖銳，而外婆的善良、節儉、寬容、沉默就是鄉村的品質，這些品質春風化雨，絲絲縷縷地影響改變著孩子的性情。

《有你真好》整部影片由瑣碎而細密的情節構成，這些瑣碎組成了鄉村所有的生活與情感，讓我想起了鞋底，零散的碎布被線密密地牽連起來，就成了厚實而耐用的布鞋底。這部影片就是

這樣一雙鞋底。影片有幾個看似重複的鏡頭，比如逃避瘋牛，出現了四次，在不同目的的提醒中表現了城鄉孩子迥異的性格。

大山總是包容的，當影片推進到小男孩把自己和鄉村的所有事物對立時，我們深深為他的處境擔憂。但善良是一帖良藥，調理了男孩的城市病症，他終於從極端自私高傲的狀態走出來。

除了男孩與外婆，影片的人物不多，母親只在首尾出現，這是一種城市姿態的表現，這位女人已經遠離山村，對她來說，這裏只是童年的寄存處，對母親的關懷也只是精神上的。城市的磁鐵吸走了鄉村的釘子。那位送迷路男孩回家的老人，兩個小夥伴都是鄉村精神的代表，他們依然保持著純樸的為人和禮尚往來。

影片的高潮在最後出現，當小男孩要離開外婆前一夜，為外婆穿了許多針線，留下了兩張聯繫的水彩畫——我病了、我想你。看到這裏，我們的心底寫滿欣慰，這位男孩完成了人生重要一課。

但城市依舊，城市人依舊在背離自然的性情裏飛奔。他在成長中會像母親一樣遺忘鄉村嗎？他能兌現對外婆的承諾嗎？

讓我們再一次相信愛的力量吧，如果你曾經也是鄉村孩子，如果你穿過布鞋，請你看一遍《有你真好》，我相信你一定會看到自己的影子，看到外婆的影子。然後回一趟山村，去看望鄉村最後的守望者。

情色如此藝術

——評《韓國情人》

　　記得《色戒》放映的時候，很多人對刪除的鏡頭耿耿於懷，還有人趕去香港看完整版本。如果你看了《韓國情人》，就會對這樣的舉動覺得過於浪費，因為《韓國情人》對情色的描寫遠比《色戒》唯美，遠比《色戒》漫長。

　　一位敏感的作家愛上有自毀傾向的模特兒，她讓他佔有她的身體，心中卻難忘從前戀人，哪怕每次與對方會面都會遍體鱗傷，卻仍一往情深。無法再忍受的作家在街頭刺死情敵後，將女子帶到海邊，並在纏綿之際將其掐死。《韓國情人》的情節就是如此簡單空洞，但所有的鏡頭都美侖美奐，連MADE LOVE都有著舞蹈之美。相比之下，《色戒》就遜色不少。

　　如果你把《韓國情人》當故事片看，你會失望，當成色情片看，會同樣失望。看了《韓國情人》，你就會明白情色與色情是有明顯區別的。

這些沒有名字的河流

——評越南電影《三輪車夫》

你是不是覺得黑社會成員都是五大三粗，冷酷無情的？這是氾濫的臉譜化影視帶給我們的慣性，如果你看了《三輪車夫》，就會發現一個多樣化的黑社會。

《三輪車夫》不是一本黑幫電影，而是一本底層關懷的作品。主人公年僅18歲，父母雙亡，為了生活他每天都在喧鬧雜亂的大街上踏三輪車兜客。年老的爺爺和年幼的妹妹也在補胎和擦鞋，姐姐是市場的送水工。一個越南底層家庭的圖景很快就立體地勾勒出來。

日子如果能這麼保持平靜也好。但矛盾不斷出現，他被黑社會威脅、毆打，然後是搶車。老闆娘讓他改行做了黑社會的「試用工」，幾次行動後他主動進入了黑道。

威嚴的「老闆娘」溺愛自己弱智的兒子，像守護一隻貓；「詩人」既是控制妓女的頭目，又是多愁善感的詩人，這位帥哥愛上的女人還是讓自己送上了妓女之路，這個女孩正是三輪車夫的姐姐。

這部影片一直在雜亂的街景和破舊的房間的背景下推進，這些場景是底層生活的象徵，更是滋長暴力的溫床。影片幾個人物的服裝都很到位和自然，老闆娘的黑衣、詩人的白西裝、三輪車夫的T恤，對話簡潔，詩人的詩歌獨白是影片最精彩的，它與幾段唯美的鏡頭一起讓一部原本單調的電影變得獨特。

　　沒有名字的河流，這是影片中的一句詩，每一個底層生活的人都是無名河，他們在最容易乾涸的土地上流淌，努力讓自己保持流動的姿態。影片的人物基本沒有名字，只有社會角色。

　　影片的幾個細節很有象徵性，一是主人公無意中被破舊的開關盒觸了電，這一點很好地表現了越南黑社會與平民的關係，殘破的制度導致黑勢力的裸露，讓平民被觸電，這點也為三輪車夫滑入黑道做了解析。姐姐第一次接客遇到變態的嫖客也是一種象徵，這是平民的狀態與商業狀態畸形媾合的表現式，面對權勢，平民是無奈的，所有底層的掙扎與屈服都淪為表演。

　　但導演沒有刻意將這種矛盾推向極致，以追求故事效果，在影片的結尾，三輪車夫和姐姐都脫離黑道，放棄這條道路的價值探索，回歸平民生活，一家人終於又一起出現在大街上，儘管他們的生活還是在一輛三輪車上。這是導演對社會狀態的期待。

　　《三輪車夫》有個容易忽視的情節，就是三輪車夫看到政府救濟消息然後去申請。但直到結束，他沒有得到任何答覆。這個細節說明，政府對底層的關懷只是停留在空中，福澤之雨很難落到貧窮的河流之上。這是影片導演對政府的諷刺，一個很含蓄但有效的細節。

　　《三輪車夫》讓我對越南電影肅然起敬。說明任何一個國家都有有良知的導演。他們記錄這一個國家的真實影像，更記錄著良心。

音樂是心靈的雞湯

——評法國電影《放牛班的春天》

《放牛班的春天》讓我回想起小學的一位同學。

這位同學的名字和相貌我都想不起來了，被時光衝擊得一片模糊。但記得他有非凡的繪畫天賦，那個時候還在使用糧票，他偷偷摹畫了許多糧票，拿出去用，竟然很長時間沒被發覺造假，最後當然敗露了，偽造糧票是大事，他被開除了，後來一直就沒他的消息了。

《放牛班的春天》中的皮埃爾·莫安琦有著非凡的音樂天賦，但也是最叛逆的問題少年，在這所被稱為「塘底」的問題少年寄宿學校裏鼎鼎大名，是校長眼中「人渣中的人渣」。

在校長嚴酷的高壓教育下，不斷惡性循環，往陰暗的心理方向下沉。

音樂家克萊門特在1949年的法國鄉村沒有發展自己才華的機會，成為這所學校的學監。克萊門特發現學校的校長以殘暴高壓的手段管治這班問題少年，體罰在這裏司空見慣，性格沉靜的克萊門特嘗試用自己的方法改善這種狀況。

一位暴躁嚴酷的校長、一位懷柔的教師、一群桀驁不馴的學生，故事就變得很有看頭。學生與校方嚴重對立，學生不斷給校方製造麻煩，校方就不斷懲罰，學生再報復，在這種惡性循環裏，作為第三種態度的克萊門特起初被學生和校長都不認同，麻

煩不斷。閒時他會創作一些合唱曲，決定用音樂的方法來打開學
生們封閉的心靈。

歷盡坎坷，他終於用音樂的雞湯打開學生的心靈，讓這群缺
少關愛的孩子感受了溫暖。但他自己卻被免職。

皮埃爾，這位被喚醒天賦的孩子，最終成為世界著名指揮家。

不同於一般的運用悲情拼命煽情的悲情電影，或極盡誇張
搞怪的爆笑喜劇，《放牛班的春天》是一部讓人因為喜悅而淚
流滿面的電影。創造了法國電影新概念——陽光情感電影。這
部沒有美女、暴力，沒有動作、凶殺和商業元素的好電影是心
靈的雞湯。

我一邊聽著影片插曲〈Les Choristes〉，一邊感慨，如果我
當年的那位同學遇見克萊門特這樣的老師，也許他的人生會徹底
改寫。

所有人的童年

——義大利經典影片《天堂電影院》觀後

　　如果說《銀翼殺手》讓我沉浸對人類未來的焦慮之中，把我從這種焦慮中解救出來的，就是這本《天堂電影院》。

　　在義大利南部小鎮姜卡爾多，童年的小多多不僅喜歡看電影，還喜歡看放映師艾弗達「剪」電影：在40年代的義大利小鎮上，電影在放映之前都要經由牧師檢查，把認為觀眾不宜的鏡頭（比如接吻戲）嚴格地剪掉之後，才可以放映。

　　小多多把那些在轉動中帶來神奇影像的膠片視若珍寶，他的理想就是成為像艾弗達那樣的電影放映師。不過艾弗達看到了小多多的聰慧伶俐，他認為小多多將來一定會有更遠大的前程，他勸小多多離開小鎮：「不要在這裏呆著，時間久了你會認為這裏就是世界的中心。」而小多多還很難理解艾弗達的話，他每天來放映室跟艾弗達學習電影放映。好心的艾弗達為了讓更多的觀眾看到電影，搞了一次露天電影，結果膠片著火了，小多多把艾弗達從火海中救了出來，但艾弗達雙目失明。小多多成了小鎮唯一會放電影的人，他接替艾弗達成了小鎮的電影放映師。

　　多多漸漸長大，他愛上了銀行家的女兒艾蓮娜。初戀的純潔情愫美如天堂，但是一對小情侶的海誓山盟被艾蓮娜父親的阻撓給隔斷了，多多去服兵役，而艾蓮娜去念大學。傷心的多多從此離開小鎮，追尋自己生命中的夢想……

　　艾弗達死了，已經人過中年的導演多多回到家鄉，又見到了當年的戀人艾蓮娜，才發現當初艾弗達的苦心：當年艾蓮娜的消息被艾弗達偷偷隱藏起來，他把自己難以實現的人生夢想，寄託在眼前這個英俊明媚如陽光照耀的少年身上，為了多多的前程不被愛情耽擱，他隱瞞了艾蓮娜來找過多多的事。

　　故鄉的小鎮，電影已經被電視取代，昔日的電影院也已經滿目破落即要被炸毀來修建停車場。小鎮的人都想觀看影院炸毀，新鮮好奇的年輕人和感慨惆悵的老人們聚集而來。曾經容納小鎮人們的嬉笑怒罵的天堂電影院，轟然倒塌。

　　多多回到城市，他打開老艾弗達留給他的禮物：一盤電影膠片，當初被刪去的接吻鏡頭都被接在一起。

　　不要在讀完劇情概要之後就覺得這是本單調而厄長的影片，事實上《天堂電影院》裝滿了你的童年和少年的青澀時光。我在看完之後久久不能從中自拔，我驚訝地發現自己一直隨著劇情在歡笑和悲傷，我的眼角還殘存著淚水，嘴角還帶著微笑。

　　如果你出生在上個世紀60-70年代，那麼你就是在影片的生活中成長起來的。上世紀40年代的義大利小鎮姜卡爾多就是你義大利版的鄉村。貧困、落後、生活艱辛。那些在天堂電影院裏嬉笑怒罵的人們就是我童年的鄉親，他們單純、樂觀、粗魯甚至有些猥瑣，但他們還是那麼善良可愛，讓小小的電影院，這個精神唯一的驛站充滿溫情和歡樂。

　　多多對膠片的熱愛寄託了他對世界的好奇，童年的多多在現實中過著單調艱難的日子，他的所有歡樂安放在電影院，所有憧憬系在放映機上。

　　放映員艾弗達樂觀善良，他知道人們和自己一樣生活在狹小

的空間——就像那個放映間，需要釋放歡樂，那一場牆幕電影把小鎮的歡樂帶到高潮，也引來了那場火災。

電影院老闆和廣場瘋子是現實和夢想的代言人。電影院老闆是現實主義者，「生活還要繼續，生活需要快樂」，於是新天堂電影院延續了歡樂。廣場上的瘋子整天叫嚷「廣場是我的」，不正是人們內心壓抑的慾望嗎。但廣場越來越擁擠，瘋狂者的領地在喪失。

現實就這樣一次次擊敗夢想。多多父親陣亡的消息來自銀幕，現實就是這樣一次次剪輯我們的夢想。電影院的大門就是精神與現實的門，人們走出電影院，就是回到現實生活。廣場就是生活的核——母親的巴掌、瘋子、羊群，被開除的工人……

我覺得天堂電影院就這樣封存了我們的童年。

多多的初戀打開了所有的少年時光，每個人的青澀歲月都有一個伊蓮娜。這種初戀的快樂像花一樣在片中綻放，但現實又一次暴雨般襲來，不由自主。

我們善良的放映員在關鍵時刻關閉了多多的夢想，然後打開了另一扇窗。

在這裏居住了一天又一天，你認為這裏就是世界的中心。你相信一切都永不會改變。然後你離開了，一年、兩年，當你回來時，一切都變了。那條線斷了，你所尋找的並不是這裏。你只能再次離開很長時間……很多年……直到你能回來尋找你的人們，你出生的土地。但是現在不可能。現在你比我還要瞎。

如果你不出去走走，你就會以為這就是全世界。

這記住這段話，也許他在今天還能改變你的一生。艾弗達，你是民間的哲人。

多多成長為一名著名導演。而艾弗達是他童年的守護者。這是多多的幸福。我們是否也需要這樣的守護者？如果沒有，我們的童年安放在哪裏？

是的，天堂電影院消失了，現實無法封存我們的童年。請精心屏氣看艾弗達出殯那一段，那些在天堂電影院釋放歡樂的鄉親都老了，他們在為自己的往事送葬。那位在電影院教會多多男女之歡的風騷女人也老了，她在目送自己的青春。

我曾經年輕而又善良的鄉親，你們好嗎？

我曾經安放童年的鄉村大禮堂，你還在嗎？

我的伊蓮娜，你過得幸福嗎？

是誰，在冥冥中告訴我「如果你不出去走走，你就會以為這就是全世界」？

請珍藏你的童年，那怕只有一本課本，一張照片或者一張煙殼。

當你老了，它就是你的《天堂電影院》。

何以重生？

——評《霹靂煞》

這是一部描述特工的電影。

冷酷狂躁的女劫匪妮姬塔被政府選定成為特工。她在中心接受了各項訓練，她放浪不羈的性格讓她通不過「優雅訓練」，教官鮑伯告訴她如果半年之內完不成訓練，就得回到她的公墓裏。

妮姬塔終於找到了自己女人的感覺，成為一位優雅的女人。鮑伯請她外出吃飯，送她禮物，打開後竟是一把手槍。然後讓她執行刺殺任務。

憑藉膽量和運氣，妮姬塔逃回基地，對鮑伯大罵，但鮑伯告訴她這是畢業作業。

妮姬塔成了一名特工，化名瑪麗。她在超市認識了純樸的小夥子，和他相愛生活在一起。讓瑪麗改變了生活，享受了愛情帶給女人的幸福。

但特工身份讓她在蜜月中執行刺殺任務。未婚夫也開始懷疑她的身份。

瑪麗接受的第三次任務是從蘇聯大使館獲取被洩露的國家機密。這比刺殺困難。計畫在中途被改變，她扮作大使闖入大使館，在拍攝機密時被警犬認出，一場火拼後，逃出大使館。

未婚夫已經知道了她的身份。追捕她的特工正是教官鮑伯。

妮姬塔選擇了失蹤。

　　從情節來說，這是部故事並不複雜的電影，講述一個女人從罪犯到特工的重生之路，但影片在人性惡與善的矛盾、殺手和女人的角色轉換推進中表現出了力量。一個毫無善良心態的女匪在臨刑時突然恐懼，在發現自己還活著後，不甘被教官馴服，當她終於發現自己女性的美，心中充滿溫情時，開始執行刺殺任務。這樣的反差效果在以後的幾次任務中也得到體現，當我們為尼基塔的生活或者性情改變舒心微笑時，指令抵達，觀眾和尼基塔一樣被突然抵達的指令驚訝，然後就會她的生命擔憂。

　　影片的場景選擇非常到位，從一開始陰暗逼仄的犯罪現場，幾乎讓人窒息。到精美複雜的大廈，再到那個溫馨的閣樓。這樣的場景不僅巧妙表達主人公的外在環境和心態，也讓我們不自覺地走入這種氛圍轉變。大廈象徵著國家形象，儘管俗套但貼切，龐大而精美的外表下，隱藏著多少機關和秘密？

　　妮姬塔是幸運的，她在絕境之地和重生之路上被兩個男人的愛喚醒和拯救。她更是不幸的，重生之路她無法左右自己，她被殺戮和愛情反覆煎熬精神，被自由和服從分裂行為。作為國家工具，她何以重生？

　　影片最精彩的一段鏡頭發生在閣樓上，面對妮姬塔男友的關於童年的話題，鮑伯編了一段故事，面對這樣的謊言，三個人的表情各異，又相當節制，眼神與表情在這樣近距離的鏡頭前表現出了演員非凡的功力。

　　影片的結尾恰到好處，兩個愛她的男人，懷著毀滅和拯救的不同使命，妮姬塔失蹤了，他們都想念她。

　　妮姬塔，在哪裏？她真能再次重生呢？

地獄中的天堂

——我看《辛德勒名單》

上善若水。

一直覺得水是世界上最保持本性的物體，它能各種容器裏變形，能沉澱雜質還原清澈，當你用手捧起，它還是保持最本質的狀態。

投機商人辛德勒就像水一樣在各種角色中轉換，在硝煙彌漫哀鴻遍野的波蘭大發國難財。他好色、貪財、使用廉價的俘虜，不斷賄賂德國軍官和黨衛軍。

這樣的人物按照我們傳統戰爭片的邏輯，定然是面目猙獰，不是被人民正法就是自絕於人民的。但這位辛德勒先生長得高大英俊風流倜儻，並且成為人民的救星，一名上帝派來的天使。

《辛德勒名單》講述的二戰故事。

1939年9月，德軍在兩周內攻佔了波蘭，納粹下令波蘭全境的猶太人必須集中到指定的城市進行登記，每天有一萬多名猶太人從鄉村來到克拉科夫。剛從家鄉來到克拉科夫的德國企業家辛德勒身材高大、相貌英俊、舉止風流倜儻。他大量結交德國軍官和黨衛軍。猶太人成了辛德勒當然的工人選擇物件。

1943年3月13日，克拉科夫的猶太人遭到了慘絕人寰的大屠殺。黨衛軍開著軍車帶著成群的狼狗進入了猶太區，見一個殺一個，腥風血雨，其狀甚慘。和情婦騎馬歸來的辛德勒駐足小山坡，眼前的一切使他受到了極大的震撼。

　　在德軍瘋狂屠殺猶太人的日子裏，辛德勒開設的工廠成了眾多猶太人的避難所。蓋世太保逮捕了辛德勒，罪名是違反了元首的種族法規，無意中吻了那位生日時送蛋糕的猶太姑娘。戈特向蓋世太保頭子朱利斯解釋，並為辛德勒說情，用錢解決了問題。辛德勒在受到一番警告後獲得保釋。

　　眼看工廠將難以為繼，辛德勒打算回家鄉去，辛德勒帶著滿滿幾皮箱的錢來到戈特的面前，說他要買下他的工人。辛德勒向斯泰恩口授著名單，他終於用錢買通了戈特和朱利斯，他留下了全部兒童，他拯救了一個又一個無辜的生命。他開列的名單越來越長。

　　軍火工廠整整七個月沒有生產出合格的產品。與此同時，他卻花數百萬馬克以供應他的工人以及用來對德國官員行賄，同時還用錢從軍火市場買來一些炮彈作為軍人工廠的產品，搪塞一下德軍。這樣做，使辛德勒瀕臨破產。

　　德國終於無條件投降了。辛德勒向全廠工人鄭重宣佈：他們從明天起就可以各自去尋找自己的親人了。並回首勸阻守廠的德軍士兵，放下武器，返回家鄉，不要再充當納粹的劊子手。

　　工人們把假牙融化取出銀子打鑄成一個質樸的戒指，上面用希伯萊文刻了一句經文：凡救一命，即救全世界。斯泰恩代表全體工人寫了封信交給辛德勒，萬一他被捕，上面有所有人的簽名。

　　辛德勒走了，人們久久地尾隨著，目送著他直到盡頭……。

　　耗盡家產的辛德勒最後在貧困中辭世。

　　面對《辛德勒名單》，我發覺自己像個激動得手足無措的孩子。英雄的詞彙再一次佔領我的思維。這樣一名天使遠比做大無畏犧牲的勇者更為可敬。因為這個的英雄不僅需要財富、勇氣和

正義，更需要機智。

　　辛德勒面對統治者和被統治者兩個完全對立的群體，他每一個保護弱者的舉動都會帶來背叛希特勒的嫌疑，他必須要巧立名目，並且不斷堵住那幫多疑的德國軍官的嘴。這樣的做法只會帶來自己的巨大經濟損失和生命風險。

　　《辛德勒名單》逼真的場景讓人感覺就是一本紀錄片。德國軍官阿蒙的殘暴讓人發顫，這個長得同樣帥氣的男人沒有展示劊子手的表情，他更像一個任性的孩子，在家長的放任下，每天早上在自己高高的官邸陽臺上對著勞役中的猶太人隨意「打獵」玩。被任意驅趕的猶太人眼中的恐慌和絕望直逼心靈，我怎麼也不相信他們只是一群群眾演員。

　　辛德勒開始展示他天使的力量，儘管他的力量在戰爭機器，在國家力量面前脆弱無比，就像浪濤中的帆船。他的名單讓一個個猶太人從地獄走進天堂，從動物還原成人。1200，這個金錢交易的數位，占了倖存波蘭猶太人的四分之一。

　　這是一個機智者的勝利，但對於辛德勒是失敗的，他看著更多的猶太人像螞蟻一樣死去。他感到自己的無能，在離開的一刻，表達了自己的愧疚和懺悔。

　　辛德勒，沒有一位英雄獲得所有的勝利，英雄的力量都會像燭光一樣在黑暗中消失。「救人一命就是救全世界」，你的光芒足以感動人類，在整個人類史上亮起一盞燈。感謝導演斯皮爾伯格先生，向那位於1974年去世的偉大的德國商人奧斯卡・辛德勒致敬。

　　請不要抱怨你現在的生活，和平是最大的幸福。請不要抱怨沒有人幫助你，一朵花在向你微笑，都值得我們感恩。

精神偷渡者

—— 《桃色名單》觀後

　　這部08年4月份上映的美國影片比我預期的更精彩，也更垃圾。對於片名，我更喜歡另一個譯名《旅行者》。

　　強納森是一名靠助學金成長起來的華爾街會計師，他的職業讓人敬畏，也因此而沒有朋友。在燈火輝煌的紐約，他的生活是一盞昏暗的燈。

　　他與大律師懷特博斯邂逅相遇，引為知己。懷特博斯是一位懂得生活的人，教導他不能「只有工作，沒有生活」。

　　一次相聚後他們錯拿了對方手機，這個手機將強納森引入了新的生活，他成為一夜情俱樂部的一員，很快樂此不疲，走進了狂歡之門。

　　影片敘述到這裏還是藝術片的範疇，描述一位游離在都市慾望之外的優秀青年，是如何捲入慾望漩渦，用肉體的船完成一場場精神的偷渡。他的精神就這樣開始在一個個碼頭靠岸旅行，看上去一切是自然而然，慾望的河讓人如魚得水，又波瀾不驚。

　　但轉變旋即到來，一個讓強納森從偷情到愛戀的女人S離奇失蹤。就在他百思不得其解的時候，人間蒸發的懷特博斯突然出現，告訴他要救S，只有幫他完成一次轉賬陰謀。

　　為了心愛的女人，強納森開始冒險，他完成了計畫後被懷特博斯設計炸死。

意氣奮發的懷特博斯去提款，卻被告知需要合作簽署人才行，而合作簽署人的名字正是強納森。

懷特博斯先生欲哭無淚的時候，「起死回生」的強納森出現了，他們各自提走了1000萬美金。

影片講述到這裏，是標準的商業陰謀片，陰謀者、被利用者的利用和相互利用，謀殺和反謀殺，所有的元素都是模式的，愛情在其中淪為一道小菜，一包調料。

但轉折再次出現，癡情的強納森願意用1000萬美金換取S，假裝同意的懷特博斯在公園裏舉槍準備打死強納森，但他自己卻死在S的槍下。

強納森扔下鉅款去追S，這個曾合夥利用他的女人。

最後他們在廣場相遇，相互奔向對方。

這樣的抒情式結尾讓我很意外，儘管導演的用意是從商業片的模式中跳出來，但我仍然認為這個結尾是無力的，他把前面的半部文藝半部商業虛空地粘合起來，不倫不類。強納森，這位偷渡者，能這麼輕鬆地回歸淳樸的愛情觀嗎？清貧出身的他能捨得丟下鉅款嗎？

我理解當下導演的難處和苦心，但這樣優秀的開篇被輕易的糟蹋實在有些可惜，剛剛把一位都市人的心態挖掘出來，立馬又換了口吻，而商業篇的結尾已經出現時，完全可以索性往深處再走一步，也遠比這樣生硬的粘合好得多。

所以這樣的影片只是1/3的優秀，如同一位女人剛嫵媚一笑，就露出了爛牙，很有些讓人惋惜。

那麼就看看前面一段，看看一個都是白領的風光與孤獨，嚴謹與放縱，這樣的生活就在我們的生活中。

兩個海的孩子

——《碧海藍天》觀後

第一次在電影中看到如此純美的畫面。

請注意純美這個詞，與老謀子的濃妝豔抹截然不同，並且這種純美貫穿整部影片，餘影繞目，久久不散。

希臘小島生活著兩個熱愛大海的孩子：傑克，一直想與大海為伍，即使在他年少時父親在一次潛水意外中被大海吞噬，他對大海的愛還是一如初衷。但是這一切在傑克愛上了喬漢娜之後都變得無法掌控。他六神無主地彷徨在選擇大海還是愛情的路上；亞舍雖同樣精於潛水，但他所迷戀的卻是天賦帶給自己的成就感與「名譽」。兩個孩子之間的友誼其實更多的是建立在競爭之上。成年後的傑克與亞舍各奔東西，然而命運的紐帶卻似乎總將他們系在一起。一次挑戰潛水極限的比賽讓他們再次重逢，生命與海洋之間的精彩對話就此展開。

影片一開始，我們就像海鳥一樣飛過希臘蔚藍的海面，一下子就讓我們對還迷醉和依戀，然後是童年的傑克在海中潛水，讓我們一下子對他無比豔羨。

這種對海的迷戀是很容易深入骨髓了。傑克註定成為一個潛水夫，父親的死亡沒有讓他對大海恐懼，戀人的愛沒有讓他拋棄大海。他是海的孩子，海豚才是他的家人。

　　亞舍為了挑戰傑克的記錄，葬送了生命，他臨終時說海的深處是更美妙的世界，然後回到海的深處。沒有亞舍的傑克開始孤獨，他的夜夢中被海的故鄉召喚，依然拋下了戀人，去了海的深處。

　　很多時候，童年的迷戀影響我們的一生，無論是善與惡、卑微與榮耀，他們指引了一生的方向，這是一種宿命，讓我們無法逃離。

　　有些人選擇非常態的離開與隱蔽，那是他們回到心靈故鄉，讓我們和上天一起寬恕和祝福他們。

沒有陽光的世界

——評經典科幻片《銀翼殺手》

　　沒有陽光，沒有綠色，沒有季節和氣候，這個世界將會怎樣？

　　《銀翼殺手》就為我們塑造了這樣一個世界。人們已經用鋼鐵建造了無數高聳如雲的建築，密密麻麻的。雲已經看不見了，因為已經沒有了陽光。這個世界籠罩在一片霧靄中，被人造的太陽光照亮。陸空兩用車在樓宇之間穿梭。看上去，無比自由，人類的能力已經隨心所欲了。

　　但這些正是人類為自己布下的天羅地網。包括從開始一直到結束的雨。

　　因為地球資源枯竭，人類已經像其他星球發動了侵略，並成功地開闢了殖民地。一艘宣傳飛船在上空不斷向地球人宣傳去其他的星球發展。為了開發其他星球資源的需要，成熟的克隆技術已經讓泰勒公司製造了許多複製人——做為殖民地的奴役。

　　但複製人的思維能力超出了設計者的預計，他們已經在短期內擁有了情緒能力，並且知道自己做為複製人的使用壽命。

　　四個複製人為了能延長自己的生命，返回地球。

　　故事從這裏開始展開，已辭職的員警戴克被召回，奉命尋找並消滅四個複製人。

　　但複製人擁有超常人的體能，這原本是用來使用的功能反作用於人類時，英勇善戰的員警與第一個複製人的搏鬥，但被打得落花流水，幾乎喪命。是泰勒公司的另一個產品，象徵善良的瑞

麗救了他。

　　複製人找到了他們的設計者——泰勒，在得到無法延長生命的答覆後，絕望地殺死了泰勒。

　　殺死泰勒的是被稱為「科技王子」的複製人，他把泰勒稱作父親。

　　戴克很辛苦地消滅了兩個女複製人，但與科技王子對陣時再一次無奈地失敗了，四處逃生。

　　就在他即將從樓頂墜落的時候，科技王子救了他，對他訴說了作為一個複製人的苦惱，然後使用到期自然死亡了。最後戴克帶著瑞麗離開了。

　　在這部影片中，人類和仿人類的區別在於記憶，對於是否是人類的身份測試需要通過對記憶的詢問來分辨。DNA測試已經失效。渴望成為真正的人類的瑞麗一直希望用一張母女合影來夢想成真。她已經有了情竇意念，希望擁有愛情。

　　這個一部幾乎沒有溫情的影片，鋼鐵的牆壁、穿梭的飛車、擺動的射燈、僵硬的表情。小吃攤的熱氣是唯一存在人類社會氣息的具象。而巨幅廣告的美女象徵著慾望。影片中男女複製人的接吻你也許會認為是他們已經有了愛情的理念，我覺得那僅僅是同類的一種物種相惜表現——畢竟他們剛剛擁有初級情感。

　　戴克對面那個強大的複製人的逃跑我覺得是人類的逃亡，當人類面對自己製造的災難，唯一的選擇就是逃亡，但人類永遠停止侵略，那艘不是在鏡頭中出現的宣傳飛船就是侵略的象徵。

　　前面提到影片描述的時代人類科技已經高度發達，似乎已經高度自由，但影片中不斷出現的驗證、測試情節讓我窒息。所有的障礙都是自己設置的。

　　無疑，這是一部經典之作，又稱為《2020》，把預言放在這麼近的將來，你怎麼想？

　　我的想法是，既然人類也許只有記憶和愛情是獨有的，就讓我們好好珍惜。

面對一扇門

——評《楚門的世界》

　　這是一部讓你無法歡笑的黑色喜劇。

　　楚門從小到大一直生活在一座叫桃源島的小城，他是這座小城裏的一家保險公司的經紀人，有位漂亮的妻子，但是他生性浪漫，他覺得不能這樣一直待在桃源島，他要去外面的世界走走，他想去的地方是斐濟，因為他的初戀情人搬家去了斐濟。

　　但每個人都反對他的這個願望，包括自己的妻子和好友，他開始變得鬱悶起來。

　　這個淳樸的男人一直無法忘記自己和父親時父親遇難的一幕，為此他對海水懼怕。

　　有一天，他在開車收聽電臺的時候，突然聽到了自己的行蹤被電臺跟蹤，他開始懷疑自己被人監視。

　　去斐濟的願望越來越強烈，但他每次準備出發就會遇到及時的干擾，他開始懷疑身邊的一切，開始設計逃離島。他在海上與風浪搏鬥，當雨過天晴的時候，他驚愕地發現面前竟然是一堵牆。

　　桃源島實際上是一座巨大的攝影棚，他生活中的每一秒鐘都有上千部攝像機在對著他，從他出生開始每時每刻全世界都在注視著他，妻子和朋友在內的所有人都是《楚門的世界》的演員。只有他，《楚門的世界》主人公被蒙在鼓裏。

　　當然這個長達30年的真人秀演出不是沒有紕漏，初戀情人瑪麗的提醒、「淹死」的「父親」再次露面，妻子廣告意味的語言，但都被導演用計化解。

　　人生是否就是一場演出？你身邊的人是否在演戲？

　　當然，在現實中，我們身邊的人不會圍著你演出，如果能夠圍著你演出，你必然是重要的，我們大多數人只是平庸的螞蟻，能為我們而「演出」的只有親人、愛人和少數朋友。但我們都是自己人生的主人公，雖然我們的主演不會成為明星，但我們在社會上每天出場。

　　《楚門的世界》影片反映了人類的希望和焦慮，同時也因觸及到當今最敏感的社會問題而備受矚目，它以超現實主義手法深刻揭露了現代社會中惟利是圖、踐踏人權的醜惡行徑，對日下的道德、人情及世態力諷，對群體化偷窺欲的憎惡，也表達了擔憂。

　　影片中的導演是上帝的暗喻，他控制著桃花島上的一切，但思想是無法被控制的，楚門最後沒有聽導演克里斯多夫的勸告，從出口走出了桃源島，走向自己的自由生活。

　　我們能走出這個出口嗎？

　　我想說不能，我們不是影片中的主角，沒有被導演控制，我們被生活控制著，我們永遠走不出這扇門。我們在自己的生活中喜怒哀樂，其實，這就是人生的主體。

　　如影片所提示的，重要的是我們有思想，是無法被控制的，就讓我們用思想成為風箏，走出禁錮的門，帶我們的心靈放風。

納粹帝國的最後時光

——評《帝國的毀滅》

　　如果你想一個國家戰敗是怎麼落幕的，推薦你看這本《帝國的毀滅》。

　　這是一部紀實性電影，逼真地反映了希特勒人生的最後12天，第三帝國最後的日子。

　　蘇聯紅軍已經攻入柏林，希特勒（布魯諾・甘茨飾）和情婦愛娃（茱莉安・柯勒飾）也躲到了掩體下。愛娃知道自己是來陪希特勒一起共赴黃泉的，但她並不後悔。即使在她向希特勒為妹夫求情遭拒絕後，她也和希特勒一起舉辦了最後一次的婚禮。

　　希特勒的忠實追隨者戈倍爾（科琳娜・哈弗奇飾）決心全家一起陪著元首殉葬。他共有7個孩子，他和妻子堅決不讓自己的孩子們在沒有帝國的天空生長，在希特勒和愛娃自殺後也一同自殺。令人不勝感慨。

　　這是一部帶著「人性」看希特勒的影片，取材於希特勒最後的女秘書特勞德爾瓊格的回憶錄《直到最後時刻》（2002）。

　　瓊格生於1920年的慕尼克，22歲時被希特勒選作私人秘書。她一直供職到希特勒自殺並記錄了希特勒的遺囑，最後和一支小分隊一起逃出地堡。令許多人不安的是，在這個打字員的記憶裏，希特勒是個有教養、受人尊敬，做事斯斯文文的領袖。當她打錯了字或做錯了其他什麼事，希特勒總能寬大為懷。所以，直到希特勒自殺，瓊格對他始終心存敬意。該書還透露，希特勒是

一個素食主義者，是一個對狗有著深情厚誼的人。與情人愛娃布勞恩結婚前，他還當眾吻了她。希特勒多少有些多愁善感，他不讓別人在他的辦公室裏放花，因為花會凋謝，他不喜歡看到死去的東西。影片從瓊格的書裏提取大量素材，賦予了希特勒極其人性化的一面。

影片中許多細節很多反差表現得很節制，沒有刻意推向極致。大軍壓境之下，愛娃召集沮喪中的政府官員們開舞會，她帶頭瘋狂舞蹈，以此沖淡恐慌心理。一發炮彈打穿槍斃，讓舞會戛然而止。戰火間隙，愛娃帶著兩個女伴和一條狗到廢墟上散步，一尊完整的聖女銅像讓她們感覺優雅的生活還在，高興地開始抽煙，但防空警報馬上響起。格貝爾夫人能孩子們喂完毒藥蒙上被單的時候，孩子們一雙雙小腳露出來。這是多麼純潔無瑕的腳丫啊，因為政治而夭折了。

我對甘茨充滿敬意，他如此鮮活地還原了一個瘋狂又柔情、堅強又脆弱、嚴厲又寬容、殘酷又多情的希特勒，我覺得這樣多重複雜的納粹領袖才是逼近真實的。才能讓身邊的人忠實地陪伴他度過最後時光。

當然，其他的角色也演得很到位，很好地營造了那麼真實感的最後帝國的氛圍。投降派和主戰派的爭論，自殺者和捍衛者的不斷出現，讓最後帝國的掙扎狀態表現得淋漓精緻。

生活就是一所監獄

——解讀《刺激1995》

　　蕭山克不是人名，是美國的一所監獄，片中稱為鯊堡。

　　故事發生在1947年，銀行家安迪因為妻子有婚外情，酒醉後誤被指控用槍殺死了她和她的情人，安迪被判無期徒刑，這意味著他將在蕭山克監獄中渡過餘生。

　　瑞德1927年因謀殺罪被判無期徒刑，數次假釋都未獲成功。他現在已經成為蕭山克監獄中的「權威人物」，只要你付得起錢，他幾乎有辦法搞到任何你想要的東西：香煙、糖果、酒，甚至是大麻。每當有新囚犯來的時候，大家就賭誰會在第一個夜晚哭泣。瑞德認為弱不禁風、書生氣十足的安迪一定會哭，結果安迪的沈默使他輸掉了兩包煙。但同時也使瑞德對他另眼相看。

　　好長時間以來，安迪不和任何人接觸，在大家抱怨的同時，他在院子裏很悠閒地散步，就像在公園裏一樣。一個月後，安迪請瑞德幫他搞的第一件東西是一把小的鶴嘴鋤，他的解釋是他想雕刻一些小東西以消磨時光，並說他自己想辦法逃過獄方的例行檢查。不久，瑞德就玩上了安迪刻的國際象棋。之後，安迪又搞了一幅麗塔‧海華絲的巨幅海報貼在了牢房的牆上。

　　一次，安迪和另幾個犯人外出勞動，他無意間聽到監獄官在講有關上稅的事。安迪說他有辦法可以使監獄官合法地免去這一大筆稅金，做為交換，他為十幾個犯人朋友每人爭得了3瓶

Tiger啤酒。喝著啤酒，瑞德說多年來，他又第一次感受到了自由的感覺。

由於安迪精通財務制度方面的的知識，很快使他擺脫了獄中繁重的體力勞動和其他變態囚犯的騷擾。不久，聲名遠揚的安迪開始為越來越多的獄警處理稅務問題，甚至孩子的升學問題也來向他請教。同時安迪也逐步成為肖恩克監獄長沃登洗黑錢的重要工具。監獄生活非常平淡，總要自己找一些事情來做。由於安迪不停地寫信給州長，終於為監獄申請到了一小筆錢用於監獄圖書館的建設。同時，安迪為了展現音樂的魅力，讓更多人瞭解，冒著被處罰播放了一段音樂，並送給瑞德一個口琴。

一個年輕犯人的到來打破了安迪平靜的獄中生活：這個犯人以前在另一所監獄服刑時聽到過安迪的案子，他知道誰是真凶！但當安迪向監獄長提出要求重新審理此案時，卻遭到了斷然拒絕，並受到了單獨禁閉兩個月的嚴重懲罰。為了防止安迪獲釋，監獄不惜設計害死了知情人！

面對殘酷的現實，安迪變得很消沉……有一天，他對瑞德說：「如果有一天，你可以獲得假釋，一定要到某個地方替我完成一個心願。那是我向我妻子求婚的地方，把那裏一棵大橡樹下的一個盒子挖出來。那你有我給你的東西。」當天夜裏，風雨交加，雷聲大作，已得到靈魂救贖的安迪越獄成功。

原來二十年來，安迪每天都在用那把小鶴嘴鋤挖洞，然後用海報將洞口遮住。

影片通過監獄這一強制剝奪自由、高度強調紀律的特殊背景來展現作為個體的人對「時間流逝、環境改造」的恐懼。與安迪同時入獄的胖子因為哭泣被獄官打死了，死亡在鯊堡監獄是常見

的事，所以所有的犯人都認命，不對自己的自由抱有希望，「希望是最可怕的事情」，這是瑞德對安迪的忠告。

但安迪卻一直沒有放棄希望，他一方面利用一把鶴嘴鋤挖地道長達20年，一方面利用自己才智學識對獄官們謀取利益，從而掩護自己的越獄行為。而對於自己的獄友，安迪總是幫他們獲得短暫自由的感覺。

安迪的沉穩是出乎所有人意料的，他入獄初期面對同性戀的性騷擾時表現了強烈的反抗，此後就一直保持了冷靜。片中有個細節，一名獄友在整理書籍時問安迪《基督山伯爵》是什麼書？安迪沈默一下，以玩笑的口吻說：這是寫逃獄的書，也許對你有用。安迪的沉穩也騙過了老謀深算的監獄長，當他把安迪視為手中玩物的時候，安迪在暗中狠狠反擊，讓監獄長最後飲彈自殺。

我們總是把監獄當作做禁錮自由的地方，但社會真的就自由了嗎？影片在這方面的表述是最精彩的，老布出獄後無法適應工作，自殺了。瑞德也在出獄後表現出厭世情緒。

生活其實就是一所監獄，我們可以自由地在地球上行走，但我們常常只能像螞蟻一樣在一個很小的領地裏完成一生。

每個人都是自己的上帝。如果你自己都放棄自己了，還有誰會救你？每個人都在忙，有的忙著生，有的忙著死。忙著追名逐利的你，忙著柴米油鹽的你，停下來想一秒：你的大腦，是不是已經被體制化了？你的上帝在哪裏？

這是影片最精彩的對白，我們自己是自己的上帝，所以上帝是平庸的，我們在救贖自己，但我們真的能完成對自己的救贖嗎？

是誰打開地窖的門

——評《鐵皮鼓》

　　《鐵皮鼓》的開頭似乎有些多餘，它把敘述的起源建立在祖母的奇遇婚戀。正在馬鈴薯地裏休息的祖母遇到一個逃犯，在逃犯的懇求下讓他在大裙衩下躲過一劫。這位逃犯就成了祖父。他們生下了母親，成長後的母親讓愛情周旋在兩個男人之間，因此奧斯卡出生後也無法確認自己的父親是哪一位。

　　3歲那年，奧斯卡帶上了鐵皮鼓，這位兒童心智異常，他窺見了成人社會的虛偽，然後走到地窖口，縱身跳了下去。從此以後他就不再生長。成了一名侏儒。

　　這樣他就可以自由的打鼓，當有人不勝其煩，試圖拿走他的鐵皮鼓時，他開始尖叫，他的尖叫可以震碎玻璃，這項絕活讓他逃避了自己不喜歡的事，包括上學。

　　奧斯卡生活的小鎮充斥著庸俗，連孩子的遊戲也是充滿人性之惡。於是奧斯卡就喜歡他母親帶他去城裏，但是他很快發現城市的角落裏也到處隱藏著慾望與交易，他只能爬到高高的鐘樓頂上，敲響他的鐵皮鼓，用尖叫震碎那些遮蔽慾望的玻璃。

　　一次在馬戲團，奧斯卡結識了同樣是侏儒的演員貝拉，貝拉告訴他自己已經53歲了，但侏儒和常人的生活永遠兩個世界。

　　奧斯卡家裏新來的女傭讓奧斯卡情竇初開，但這位青春的女傭很快就成為庸俗的女人，奧斯卡看到了生活的無奈，突然渴望自己能長大，不再是一個孩子的形象。

希特勒的思想打破了小鎮的寧靜，民族的矛盾開始蔓延。同樣，一次海邊見到捕鰻，讓奧斯卡母親無法面對鰻魚。一直生活在自己的庸俗和浪漫裏的女人突然稟性大變，瘋狂的吃魚，包括腐爛的青魚，導致死亡。

失去母親的奧斯卡加入了貝拉軍人慰問團，四處慰問軍隊，但這段快樂時光隨著德軍的失敗而結束，他回到故鄉，然後乘火車離開故鄉。

火車駛過田野，他年輕的祖母在馬鈴薯地裏忙碌。

《鐵皮鼓》通過兒童的眼睛描述小鎮的庸俗生活，與《天堂電影院》有相似之處，但《天堂電影院》中庸俗的小鎮鄉親是歡樂的，而《鐵皮鼓》中表現的是文明下的頹廢。一個玩具伴隨了一生，這是奧斯卡的悲哀還是榮幸？

是誰打開地窖的門？這個世界永遠窖藏著慾望，祖母打開自己的地窖之門收容男人，衍生了一個家族。希特勒打開了地窖的門，放縱了民族的慾望，讓世界變得不安寧。

其實我們在歡樂或者悲傷的時候也希望敲響自己的鐵皮鼓，但我們的鐵皮鼓在成長的路上早已丟失了。

誰比誰瘋狂？

——看美國影片《天生殺人狂》

這是一部顛覆傳統價值觀的影片。

片頭就是一直令人眼花繚亂的切換鏡頭：野馬、響尾蛇、銀幕上放映的鏡頭……告訴你這是本和狂野、冷酷、虛幻意識有關的影片，讓人一下子就陷入緊張和迷亂的心理。

然後是郊外的酒館。安靜和諧。一個男人坐在櫃檯前喝酒，一個女人去放了唱片跳起風騷的舞蹈。幾個過路的顧客忍不住去搭訕女人。很快氣氛突變，這對青年男女殺光了酒店的人，然後離開。

這是對逃亡中的殺人犯。男主角米基在暴力家庭中長大，生性狂野。而他的女友麥勒麗由於從小受父親騷擾，性情也是粗野不遜。兩人共同殺死麥勒麗的父母後，開始亡命天涯之旅。在逃亡的路上，這對瘋狂的情侶大開殺戒，被殺者不計其數。並且由於電視臺的連續報導和炒作，兩人成為了全國聞名的新聞人物，甚至成了青少年們的偶像。不久，他們終於被警方抓獲。電視節目主持人韋恩蓋爾為了提高收視率，進入監獄對米基進行了直播訪問。在米基的煽動下，監獄發生了暴動。米基趁亂以韋恩等人為人質，救出了麥勒麗，並且逃出了監獄。

影片的鏡頭一直切換個不停，黑白與彩色鏡頭交替進行，當兩人驅車逃亡的時候，車旁出現的是電影鏡頭；當他們在房間裏，窗上就是電影鏡頭。他們走過的風景都是虛幻的嗎？不是，

是他們把生活當成了娛樂，當成了電影，他們把自己當成了電影中命運主宰的角色，這種病態心理讓他們覺得被殺的人都是命運註定，他們只是執行而已。

而節目主持人為了節目，跟蹤報導這對逃犯，甚至在獄中現場直播對米基的採訪，米基對自己行為的精彩闡述演說成為本片最精華的部分，最後導致了囚犯暴亂。這段演說竟然充滿了哲學意味，一個應該被詛咒的殺人狂竟然像教父一樣演說，並且有著鎮定的風度。也許會讓你看得目瞪口呆。

這部影片很明顯對媒體人的諷刺，他們為了節目不惜一切代價，近乎瘋狂。我覺得這是表現人們對在場感的缺少。也就是人們總是把自己當成事件的旁觀者，而不是當事人。主持人在被劫持成為人質後才「感覺自己活著」，才有了在場感，這種在場感的缺少和殺人狂一致。

那麼誰比誰更瘋狂？

這些時代洪流中的魚

—— 評《四海兄弟》

　　一直覺得我們都是魚，遊在時代的河裏，逃不過水漲水落。而時代的河就像家鄉的河一樣，有時乾涸，有時發大水。

　　麵條他們生長在美國經濟大蕭條時期（上世紀20年代），這個國家像乾涸的河床，露出它深藏的污垢。一塊巧克力蛋糕就成為性交易的籌碼。這樣的誘惑讓情竇初開的麵條找到滿足慾望的方式。在貧窮混亂的紐約猶太人區，警匪勾結，陽光下許多罪惡讓少年麵條看到了人性之惡，並且利用這一點成功制服了第一個對手——員警。

　　在這樣的背景下，雜物間練習芭蕾舞女孩的出現彷彿一朵清蓮，她的聖潔高貴讓麵條念念不忘，但這隻經常躲在廁所裏偷窺的「蟑螂」被女孩鄙夷，追求高貴的念頭被扼殺了。

　　失望的麵條開始自己的黑道生涯，這個有著聰明頭腦的人很快就發明了「浸鹽隱藏術」，為販毒團夥保全跑進海裏的毒品，因此挖得第一桶金，建立了幫會共用基金。

　　這群自以為改頭換面的小子在存好錢回程的路上就遭遇追殺，最小的同夥被打死了，麵條入獄。

　　麵條出獄的時候，時代走到了另一條河道，畸形的繁華遍佈，而他的三個兄弟正風華正茂，在麥大的領導下如日中天。順應時代的麥大註冊了「殯儀公司」，掩護他們的黑道生意，從少年時期血淋淋的刀槍生意轉型到了相對隱秘的走私、色情生意。

　　在這個訂峰時期，麥大提出搶劫美國最高金融機構──聯邦儲備銀行。麵條知道註定失敗，於是告密，麥大等人身亡，麵條遠走他鄉。

　　當面條再次回到家鄉，城市面目全非，他找到寄存的箱子，卻發現「幫會共用基金」不翼而飛了。同時發現麥大「死而復生」，搖身變成了部長。

　　原來搶劫聯邦銀行是一場局，麥大與員警設的局，除了同夥，吞了鉅款，成功轉型。

　　但當上部長的麥大逃不過洪流的漩渦，自殺了。

　　《四海兄弟》的開頭是「中國往事」，中國戲館裏的皮影戲、春宮圖、鴉片館。影片用這些元素一開始就營造了虛幻、放縱、麻木、頹廢的氛圍。少年麵條一方面愛慕阿莫妹妹──那個跳芭蕾舞的女孩，一方面被隔壁的胖女孩誘惑，「只要你給我帶奶油巧克力蛋糕，你就可以幹你想幹的」。當他的性體驗在胖妹妹身上完成時，就註定他的一生與骯髒交易結緣。

　　憑著四人的忠誠，他們很快嶄露頭角，但就是那筆鉅款埋下了麥大背叛的種子。《四海兄弟》對眼神的表達非常成功，無論是特寫還是掃描，無論是疑慮、窺視、凶狠、惋惜、慾望、頹廢，都寫在那一雙雙眼睛裏。

　　成年麵條們的經歷與《上海灘》極為相似，麵條像許文強一樣尋求退隱，但麥大的雄心把他往不歸路上引。他的告密是一次對兄弟的背叛，讓他背負幾十年的愧疚，然後游離了這條河流。但麥大這條魚遠比他厲害，佈局讓自己躍過龍門，走上政界。

　　這個時候，美國又走到新的河道，黑道從底層到商界又過渡到政界，黑暗在更為隱秘和崇高的位置。麥大終究是一條時代洪

流中的魚，變身成鯊，也逃脫不了被黑暗吞沒的命運。

　　暮年的麵條感覺到人生的虛幻，於是在另一種虛幻——鴉片中尋求解脫，只有在更純粹的虛幻裏，他才能放鬆地微笑。

　　通過一群魚的遊歷反映一個國家的時代變革，是這本黑幫電影的成功之處。但更多地反應了人在時代變革，在忠誠與背叛、黑與白、高貴與低俗、溫情與冷漠、拼搏與撤退面前的選擇。

　　難忘這批人「首戰告捷」之後那一段場景，他們衣著光鮮、無比幸福地走在鋼鐵建築之間的道路上，那個小男孩的踢踏舞在音樂中帶我們進入精神的歡愉之中。

　　成功就是這樣短暫的抵達歡樂，然後就是障礙的出現和心慾望的誕生，社會生存就是在未知的夜路上行走，我們在奔跑的時候要準備停步，在探索的時候準備奔跑。

　　該拿著什麼走呢？是一把槍、一束花還是一隻手電筒？

重溫幻想的快樂

——關於《E.T.》

太喜歡這個E.T.了。

我一直堅信UFO的存在，這個信念的源頭是少年時閱讀的《飛碟探索》，那個時候我正在國營化肥廠實習，這個倒閉前夕充滿衰敗氣息的企業讓我的前途變得迷茫。於是我訂閱了《飛碟探索》，然後整夜在破舊的屋頂上仰望星空，以此轉移自己的夢想。

如果我在童年遇見《E.T.》，我不知道是不是會改變我的人生，也許我會就此沉迷，成為一個無所事事的E.T.發燒友。也許不是。

斯皮爾伯格讓這個失落在地球的外星孩子擁有了人類的溫情，那些理性的科研人士變得冷酷無情，很多時候只是個恐怖的身影。我覺得那一刻，大師把自己還原成孩子，然後用孩子的好惡來處理人物，這便是大師的可愛之處。就像E.T.在披上床單之後就一下子生活化，而不是醜陋的異類。

在當下環境看《E.T.》，讓我有了另一番聯想。這個E.T.就是我們失落者他鄉的身體，渴望回到靈魂的故鄉。但我們不一定有E.T.的幸運，能夠遇見本真的溫情。當我們的身體有朝一日返回靈魂的故鄉，是否有一群善良的朋友含淚送別？

後記

　　窺月齋這個名字是從張潮的《幽夢影》中得來的，這位清代徽州才子說：少年讀書如隙中窺月。那時我工作穩定，理想單純，把讀書寫字看得很重，就取了這個齋名，宣示一位江南少年的讀書夢想。

　　時代發展的速度總是令人猝不及防，高歌猛進的城市打擾著年輕人的文學清夢，我自然也不例外，改行，帶著夢想去外面的世界遊歷。腳步打開了一個個陌生的世界，書本，反而看得少了。但窺月齋依舊是一件精神的行李，溫暖著每一段旅程。

　　轉眼近不惑之年，對於文學，我還是個懵懂的孩子，心存敬畏。但文字帶給心靈的溫暖是難以替代的，我終究還是選擇用文字的方式與自己的心靈對話。收在這本集子裏的文字不成系統，也不夠開闊大氣，但「每一把剃刀自有其哲學」，這裏的文字帶著江南的精神胎記，但願能帶給您一點清茶般的趣味。

　　感謝李幼謙、孫長江兩位老師，讓我有機會出版這本散文集，感謝文友周華誠兄用誠心寫下的序言，感謝出版社對一位文學青年的鼓勵和支持。

李淥慧

2011年盛夏於窺月齋

語言文學類　PG0646

窺月齋筆記

作　　　者／季淼慧
責任編輯／陳佳怡
圖文排版／王思敏
封面設計／陳佩蓉

發　行　人／宋政坤
法律顧問／毛國樑　律師
印製出版／秀威資訊科技股份有限公司
　　　　　114台北市內湖區瑞光路76巷65號1樓
　　　　　電話：+886-2-2796-3638　傳真：+886-2-2796-1377
　　　　　http://www.showwe.com.tw
劃撥帳號／19563868　戶名：秀威資訊科技股份有限公司
　　　　　讀者服務信箱：service@showwe.com.tw
展售門市／國家書店（松江門市）
　　　　　104台北市中山區松江路209號1樓
　　　　　電話：+886-2-2518-0207　傳真：+886-2-2518-0778
網路訂購／秀威網路書店：http://www.bodbooks.com.tw
　　　　　國家網路書店：http://www.govbooks.com.tw
圖書經銷／紅螞蟻圖書有限公司
　　　　　114台北市內湖區舊宗路二段121巷28、32號4樓
　　　　　電話：+886-2-2795-3656　傳真：+886-2-2795-4100

2011年11月BOD一版
定價：280元

國家圖書館出版品預行編目

窺月齋筆記 / 季淼慧著. -- 一版. -- 臺北市：
秀威資訊科技, 2011.11
　　面；　公分. -- (語言文學類 ; PG0646)
　　BOD
　　ISBN 978-986-221-841-9(平裝)

855　　　　　　　　　　　　100018183

讀 者 回 函 卡

感謝您購買本書，為提升服務品質，請填妥以下資料，將讀者回函卡直接寄回或傳真本公司，收到您的寶貴意見後，我們會收藏記錄及檢討，謝謝！如您需要了解本公司最新出版書目、購書優惠或企劃活動，歡迎您上網查詢或下載相關資料：http:// www.showwe.com.tw

您購買的書名：＿＿＿＿＿＿＿＿＿＿＿＿＿＿＿＿＿＿＿＿＿＿

出生日期：＿＿＿＿＿年＿＿＿＿＿月＿＿＿＿＿日

學歷：□高中 (含) 以下　　□大專　　□研究所 (含) 以上

職業：□製造業　□金融業　□資訊業　□軍警　□傳播業　□自由業
　　　□服務業　□公務員　□教職　　□學生　□家管　　□其它＿＿＿＿

購書地點：□網路書店　□實體書店　□書展　□郵購　□贈閱　□其他

您從何得知本書的消息？

　□網路書店　□實體書店　□網路搜尋　□電子報　□書訊　□雜誌
　□傳播媒體　□親友推薦　□網站推薦　□部落格　□其他＿＿＿＿＿＿

您對本書的評價：(請填代號　1.非常滿意　2.滿意　3.尚可　4.再改進)

　封面設計＿＿＿　版面編排＿＿＿　內容＿＿＿　文／譯筆＿＿＿　價格＿＿＿

讀完書後您覺得：

　□很有收穫　□有收穫　□收穫不多　□沒收穫

對我們的建議：＿＿＿＿＿＿＿＿＿＿＿＿＿＿＿＿＿＿＿＿＿＿

＿＿＿＿＿＿＿＿＿＿＿＿＿＿＿＿＿＿＿＿＿＿＿＿＿＿＿＿＿＿

＿＿＿＿＿＿＿＿＿＿＿＿＿＿＿＿＿＿＿＿＿＿＿＿＿＿＿＿＿＿

＿＿＿＿＿＿＿＿＿＿＿＿＿＿＿＿＿＿＿＿＿＿＿＿＿＿＿＿＿＿